FANTASMES DE FEMMES

FANTASMES DE FEMMES

Marianne Angot

Marie Boman

Sophie Cadalen

Anne Cécile

Laure Clergerie

Estelle

Élizabeth Herrgott

Isabelle Deschamps de Paillette

Hélène Girard

Caroline Lamarche

Michèle Larue

Sandrine Le Coustumer

Agnès Pareyre

Julie Saget

Fabienne Swiatly

Géraldine Swang

ÉDITIONS BLANCHE

© Éditions Blanche, Paris, 2001
ISBN 2-266-12434-X

Marianne Angot

Chienne de vie

Dans le silence d'une chambre nue, je m'as-
soupis et me dérobe aux caresses de tes
mains offertes à mes appas...

Je dors et je reste indifférente à tes va-et-vient entre
mes deux seins, sur mes fesses, sur mon sexe, puis finalement, en pur caprice mais presque dédaigneuse, je me
laisse faire tout de même et tu me déshabilles dans le
noir et profond silence d'une chambre nue et vide... Je
me laisse faire et j'enrobe tes yeux d'attraits charnus et
charmants, pointus et gonflant ton sexe de mille envies
de me pénétrer, de me gicler, de me voir mouiller et râler
sous les coups, sous les tensions, les attentions de tes
doigts, de tes poings, de ta queue en érection qui me
frôle rageusement...

Je compte les touchers tout en dextérité et je soupire,
ma poitrine monte et descend, mon sexe devient turges-

cent, vasque liquide et musquée, liqueur ravissant tes lèvres et ta gorge en feu, prise de désirs de me posséder, de me sentir, de me humer sans fin, de m'effleurer et de parcourir mes lèvres de ton souffle sortant de ta bouche appâtée par mes senteurs... Me voilà nue, blanche, presque transparente... Le sang dessine mes veines sur ma peau et tu les suis de ta langue : je ne dis rien mais je sens que tu m'électrises, que je frissonne, que je bourdonne et je me retiens pour ne pas te donner la joie de me voir et m'entendre geindre et gémir de plaisir et de rage contre le chien que tu es, qui sait si bien deviner mes envies, si bien devancer mes langueurs, si bien absorber mes senteurs...

Tu es le chien, je suis la maîtresse, je domine ton univers de mon silence et d'un seul regard, d'un doigt, d'un seul, je sais que je peux te jeter hors de ma sphère, je peux te dominer et tu m'obéiras au doigt et à l'œil, sensuellement, avec des envies de me mordre et de me pénétrer au plus vite avant de partir, avec des envies de me sodomiser et d'inverser les valeurs, mais je suis trop belle dans ma noirceur, dans ma blancheur, et tu te soumets comme un chien fidèle et rageur, toujours prêt, toujours là, prêt à bondir sur ma chatte, à la lécher, à la laper, à la happer, à la pénétrer de ta langue, à la fouir de tes dents, à la mordiller...

Me voilà devant toi, offerte, et je commence à m'animer, à te palper, à te tâter tout en souveraineté, dominatrice, puissante, protectrice, exclusive, possessive de ta chair et de tous tes désirs, de toutes tes chairs et de tous tes plaisirs... Je te malaxe, je te pétris, je te chéris comme un chien de compagnie puis je t'humilie des yeux avec un sourire carnassier : j'admire ma proie soumise et conquise, je ris de te voir nu et offert, le sexe en érection, plein d'un amour infini, d'un désir immense et gigantesque, tout en hauteur, tout en grandeur comme moi.

Déesse de tes jours et de tes nuits, de tes orgies et de tes folies... Je te pousse du regard et je me love sur toi pour me faire l'amour toute seule sans un mot, sans un coup de tes reins, je me masturbe avec ta queue et je me possède... Je te pelote en même temps les seins et tu me regardes, victorieuse et fière de t'avoir réduit à l'état de gode humain, que j'utilise sans fin, en me pâmant, en me contorsionnant, en mouillant en fontaine visqueuse... Tout glisse et c'est là que je te passe la laisse autour du cou pour que je te domine jusqu'au bout, même dans ta propre jouissance, dans ta longue désespérance de me toucher, de me frôler, de presser mes seins, mais tu n'es qu'une bouche pour lécher, qu'un chien pour laper et un gode pour pénétrer... J'accélère le rythme et je t'ordonne de jouir en même temps que moi, je te tiens au cou et je serre fort, très fort comme si je voulais te pendre pour me prendre... C'est l'osmose, j'accomplis une dernière chevauchée et nous voilà en orgasme, belle cavalière sur un chien, sur un gode, sur une bouche... Je jouis et je sens le sperme exploser en grosses coulées, je sens ta queue battre dans ma chatte ! Je serre plus fort et au dernier moment, je tire encore, tu étouffes et te raidis après la grande communion : je te punis, voilà, je fouette aussi, je bats et tu t'en donnes à corps joie...

Tu bandes toujours et je griffe ton sexe, tes bourses, tes fesses, je me venge de l'acte accompli et, une dernière fois après la petite mort, tu me dévisages bien en face et je serre la laisse au cou pour que tu meure pour la grande Mort...

MARIE BOMAN

Laïda

> *À mon fils, que l'agilité
> enfin revenue le fasse courir
> vers des féminités de voiles,
> de soies ou de dentelles.*

En vain tes serments,
Je sais tout, libertine.
Pour témoins tes tresses
Couvertes de parfum.

La couronne défaite au-dessus
De ton front, tes cheveux
mêlés par les orgies et les griseries.

Méléagre

Une commode Louis-Philippe, en merisier massif, qui sent toujours bon l'encaustique. Un dessus de marbre rose où je séjourne parfois quelques heures, soit pour être rangée, soit au contraire dans l'attente de parer ma maîtresse. De son prénom, Mélissa, se dégagent mystère, exotisme, sensualité et un petit goût de réglisse. Si parfois je recouvre sa peau, je voudrais m'incruster à jamais en elle, me fondre, glacis de sucre sur une tarte au chocolat.

Nous sommes plusieurs dans le tiroir du haut, pliées en trois, le fond rabattu vers l'élastique, les bras sagement croisés. Mélissa nous aime rangées. Les plus nombreuses sont les blanches, les neigeuses, les crèmes, puis vient la rangée des noires, celle des couleurs pastel, du bleu azur au rose pêche. Enfin, se côtoient les pulpes des mangues et celles des kiwis. Un peu plus loin patientent les rouges et or tout droit venus d'une corrida mortelle, les violets et jaunes évoquant des ecclésiastiques haranguant des dévotes dont certaines ne songent qu'à transformer ces magnifiques brocards en lingerie coquine. Comme elles battent leur coulpe pour ces ignominieuses pensées !

Nous faisons bon ménage et lorsque nous sommes tranquilles, la nuit, l'une de nous prend la parole et conte une aventure vécue avec Mélissa. Nous retenons notre souffle ; dans l'ombre calfeutrée, des confessions s'envolent en volutes tourbillonnantes. Des émotions nous déploient et nos élastiques s'étirent, s'étirent. Le merisier recèle tant de charge érotique qu'un jour, il implosera. Souvent j'entends ses craquements et ses soupirs de jalousie. Le tiroir n'a pas notre chance : il ne sort jamais.

Si je suis une petite culotte presque sage, ma maîtresse est une Aphrodite à la peau vernissée, ou plutôt une beauté noire qui mire avec audace la perfection de son corps devant la psyché tout en s'enduisant d'huiles de carthame, d'amande douce et de calendula. Elle est fière de sa plastique parfaite, elle la souligne de matières chaudes et vivantes, s'enveloppe souvent des cuirs aux couleurs flamboyantes ou des fourrures qui la ramènent à des vécus antérieurs félins et capricieux. J'ignore quelles sont ses occupations la journée. Silence et mystère. Les slips de jour sont disposés dans les tiroirs du dessous et nous ne pouvons communiquer.

Nous sommes les amazones de la lingerie fine. Elle nous réserve pour ses odyssées sensuelles. Elle est l'Amante rêvée, inévitable. Diamant noir, elle réfracte la lumière et irradie les nuits de ses conquêtes. Il suffit de l'entrevoir, inaccessible et pourtant si proche, pour que vous soyez pris de fourmillements cérébraux qui se transforment en des fulgurances de désir obsessionnel. Synapses neuronales hyperexcitées, dépendance totale à sa vision, troubles psychiques aigus, accès confusionnels pour toute personne l'ayant frôlée. Son ventre ne semble fait que pour le plaisir, ses jambes pour entourer l'amant. Elle captive votre énergie et votre temps. Elle est là, omniprésente. Il n'y a plus rien à faire, vous êtes réduit en esclavage…

Mon aventure est peu banale. Mélissa ne m'a pas achetée seule. Elle avait rencontré un jeune homme charmant de blancheur candide, exhibitionniste, fervent de jeux préliminaires. Il redonnait à ses pensées la couleur bleutée des eaux pures et, malgré un froid agressif, ils se promenaient dans une petite ville, un soir, très tard, à la fermeture des magasins. Ils marchaient sur des pavés tordeurs de chevilles et musardaient le nez à l'affût d'odeurs festives lorsqu'ils tombèrent en arrêt devant une vitrine de lingerie. Chien bien dressé, le sexe de Benoît – c'est le prénom de l'homme – eut immédiatement des soucis de pesanteur et des réflexes pavloviens de salivation. Mélissa, n'ignorant rien des tourments de son compagnon, prêtait l'oreille au soliloque liquide de son ventre, mais il semblait plutôt lac apaisé que torrent hoquetant. La commerçante était accueillante, complice, espiègle et… indifférente à la gamme chromatique des couleurs de peaux. Mélissa s'est déshabillée, m'a enfilée avec un frisson de plaisir. Le bustier balconnait de rondeurs frémissantes sa poitrine. Benoît a soulevé le rideau. Mon collègue, le slip de l'homme, m'a tout de suite renseignée en gémissant : « Je n'en peux plus, son sexe m'étire tant qu'il me déforme ». Benoît a baissé son pantalon et nous nous sommes frottés, slip noir contre culotte fragile. Je suis très sensible aux changements climatiques. Quelques déhanchements rapides car la vendeuse questionnait déjà :

– Cela vous plaît-il, monsieur ?

– Oh ! oui, non, oui, un peu plus échancré, peut-être.

– Je vous sors un article irrésistible.

Le pulpeux coquillage nacré perlait d'une humidité vanillée tandis que le gros objet enveloppé de noir se fourbissait contre moi d'une manière indécente. Que c'était dur ! Je lui murmurai bêtement : « Excusez-moi, mais je suis vierge et neuve… » Ma candeur l'a tellement excité, tellement fait rire qu'il a compressé le dur bambou de Benoît. Hystérie des sens exacerbés. Perte d'apesanteur. Absorption de lumière irisée au travers de cils entrelacés. Impression de fondre tout en ne cessant pas de palpiter… Dans sa déroute glandulaire, sa tête de canne à sucre m'a éclaboussée d'un curieux liquide visqueux. Miel, cannelle et allégorie de noisette, mais aussi glu fécondante, dit-on ? C'est la première fois que je goûtais au nectar d'homme… Bien entendu, Mélissa m'a achetée, encore flageolante sur ses belles jambes noires qui lui renvoyaient une sensation d'accordéon. Déjà, Benoît la précédait, sifflotant, allègre, sans remords spermatique.

Faite de coton et de tulle immaculés, mon devant est entièrement brodé d'arabesques complexes, ton sur ton. Derrière, je m'échancre largement. Seul un cœur de dentelle reliant la ceinture demeure visible alors que je disparais voluptueusement entre les fesses musclées de ma jeune maîtresse. Ma blancheur met en valeur sa peau qui semble passée au papier de verre tant elle possède l'incomparable toucher de l'ébène poli. Nous aimons notre apparence et Mélissa se complaît à dire que son cul possède l'harmonie du nombre d'or de la cambrure. La modestie n'est-elle pas l'apanage des timorés ? affirme-t-elle souvent. De plus, j'ai l'honneur d'être coordonnée avec un bustier qui rehausse – mais, en ont-ils besoin ? – ses seins durs et sauvages, impétueux comme des testicules d'étalon cristallisés dans un rut permanent. Nous formons un « combiné » insolent… Le mot me comble car il évoque le téléphone, les rendez-vous galants, voire plus si affinités. La voix veloutée, suave et ondulante de Mélissa provoque des vibrations du creux de l'oreille jusqu'à des extrémités sensibles. Beaucoup d'amour peut se propager ainsi, d'un fil à l'autre… Mélissa a décidé de ne me sortir que pour les grandes occasions. Aussi suis-je presque neuve, encore ingénue, pliée dans du papier de soie. Régime particulier qui rend jalouses quelques autres petites culottes faites de lycra ou de polyester. Beurk ! Je ne peux les frôler sans un frisson. Leur matière m'irrite et me brûle. Elles me le rendent bien et, de temps en temps, elles profitent d'une promiscuité non voulue pour me griffer de leurs fils ou s'attaquer au papier qui me protège. Malgré tout, je reste sereine, n'ayant rien à craindre car ma maîtresse m'aime.

Je m'appelle Laïda et je me sens de connivence avec Mélissa. Nos deux prénoms n'ont-ils pas un point commun, celui de finir par la première lettre de l'alphabet ? Ainsi sommes-nous un aboutissement. Mon orgueil vaut celui de Mélissa et je me rengorge d'avoir découvert que ma valeur dépasse celle du chemisier *vulgum pecus* entrevu sur une page de publicité. Plus le tissu est léger et brodé, plus les petites culottes sont onéreuses, œuvres d'art qui tiennent dans une menotte fermée.

Parfois, quand Mélissa rentre de son travail, elle prend un long bain parfumé dans son jacuzzi particulier, puis se pare comme une reine de Saba. Mon ami bustier et moi, seuls contre sa peau. Oiseau foulque, oiseau de foudre, de foutre – je le découvrirai plus tard – , elle s'examine sous toutes les coutures, tire un peu en faisant la grimace sur quelques rebondis fuselés qu'elle juge superflus. Elle se promet un régime féroce, vite oublié. En réalité, je m'observe dans le miroir et je nous trouve très... vénérables. Parfois, j'ai la sensation, durant ces moments privilégiés, de faire l'amour avec elle. Je souligne ses petites fesses et je couvre pudiquement son pubis parfumé, garni de poils noirs, frisés et soyeux, bien épilés en triangle. Sexe orchidée, corolles crénelées de ses lèvres, pétales carnivores de chairs épanouies, calice aux pétales recouverts de rosée, je vous enveloppe de ma texture et reçoit vos hommages perlés. Je chantonne lorsqu'elle me range. Mes consœurs, dans le tiroir, en frémissent de jalousie. Plus tard, elles font une belle sarabande, chahutent, se battent, si bien que Mélissa se demande parfois comment un tel chantier a pu se produire.

Ce tiroir est déclencheur de fantaisies et il suffit qu'elle l'ouvre, qu'elle déplie l'une d'entre nous, pour que l'image d'un de ses amants apparaisse. La petite bleue, là, roulée en boule, n'a pas ouvert la bouche depuis une quinzaine de jours, elle boude et le sourire attendri de Mélissa n'efface pas son affront. Mélissa a rencontré cet homme élégant, mais un peu compassé, au guichet de sa banque. Il en est le directeur. Ils sont chez lui, un verre à la main. Elle ne s'est pas assise, car elle préfère découvrir le moi profond de ses amants en contemplant leur décor, leurs objets personnels. Cela vaut toutes les questions aux réponses évasives. De plus, elle se sait observée et ses gestes souples, ses hanches de lionne, ses fesses qu'elle vient brusquement de lui offrir en se baissant pour examiner une petite boîte déposée sur la commode, font partie d'un jeu. « Je suis là, mais pas encore domptée, en un coup de rein, je peux échapper à la convoitise d... main... » Tout naturellement, elle s'est saisie de l'obje... moment où une voix impérative a exigé qu'elle quittât sa culotte. « Un fétichiste ? Un imaginatif ? Un... » Il s'est approché, a roulé en boule le petit slip bleu et s'est mis à nettoyer le rond humide qu'avait laissé son verre sur la boiserie...

Maussade depuis lors, la culotte bleue boude en comprimant ses élastiques. Être assimilée à un vulgaire torchon, quel affront ! Aucune plaisanterie ne peut délier ses fibres offensées. Pas même la terrible histoire d'une chère disparue.

En se servant du gasoil à la pompe, Mélissa n'avait pas prêté attention à un débordement pourtant annoncé, et s'était aspergée de ce liquide tenace et malodorant. Elle s'était retournée. Distributeur de Sopalin vide. Agacée, pressée par le temps, car elle avait un rendez-vous tardif, elle avait prestement quitté une adorable culotte de soie pour s'en essuyer les mains. Nulle souffrance n'égale celle infligée par la trahison de sa maîtresse, mais l'outrage d'une tierce personne est pire encore et Bleuette ne se console pas.

Nous nourrissons aussi son imaginaire et reculons rides et plis disgracieux. Sous le règne de la dentelle et des tissus arachnéens, aucune place n'est laissée aux « Petit Bateau » montantes, aux « Playtex » moulantes, aux antibactériennes rassurantes. Aucun espoir pour les couleurs en « asse ». Le beigeasse lui provoque des moues de dégoût, de même que la vieillesse, cette maladie qui ne se soigne pas. Mélissa fuit harmonieusement le temps en se consacrant à deux priorités incompatibles : un travail sérieux et une transmutation en une passionnée du sexe. Mais quel est donc ce travail qui l'occupe si longuement ? Infirmière ? Non. Sorcière, plutôt. Ingénieur ? Non. Alchimiste, plutôt. Danseuse ? Peut-être. Strip-teaseuse, certainement... De toute façon, elle est douée et conjugue la pluralité de ses univers en jetant un pont d'airain entre deux absolus : activités du jour et fantaisies de la nuit. Belle de jour, belle de nuit. Rien d'autre n'existe, elle nie tout ce qui l'encombre et vit comme une enfant gâtée qui n'en voudrait un pour rien au monde. Mélissa est parfois difficile à comprendre.

Je grandis et m'informe. Mes dernières lectures m'ont révélé l'origine de mon prénom. Laïda était une célèbre hétaïre de l'antiquité grecque. J'aimerais tellement m'incarner, devenir femme et prostituée de luxe ! Fantaisies, balivernes que cela, je le sais bien. En attendant, mes rêves restent ceux d'une petite culotte. Lorsque mes camarades sont silencieuses, je réfléchis et je deviens l'héroïne de mes histoires. Le songe prend vie et je rencontre un connaisseur. Il m'ôtera délicatement, passera sur sa joue la douceur de mon tulle, reniflera les senteurs épicées – cannelle, gingembre – de ma chère maîtresse, puis...

Dans mon casier où brille la lueur orangée des soirs de lune, j'ai développé un fantasme, mon souffle est accroché à sa réalisation. Je voudrais séduire, envahir l'esprit d'un homme et le pousser à commettre un forfait... Ma vision provoquerait de tels troubles qu'il ne pourrait empêcher sa main tremblante de me dérober à Mélissa. Un désir de possession insidieux, tout doux d'abord, deviendrait primordial, vital en fin de soirée. Rentré chez lui, il me déposerait sur l'oreiller proche du sien, me caresserait de l'œil et du bout des doigts comme si j'étais de chair. Il me cajolerait avec la tendresse d'un amant. Je lui soufflerais des émois d'une violence inouïe.

Au début, il n'oserait pas m'emmener avec lui, mais ma pensée le poursuivrait où qu'il aille, quoi qu'il fasse. Il n'aurait de cesse de me presser sur ses lèvres. Sitôt rentré, il ne prendrait pas le temps de se déshabiller pour me prendre entre ses douces mains, me frotter contre son visage, me respirer. Puis, il me promènerait quelque temps dans sa poche, mais je lui ferais savoir mon indignation : « Tu ne dois pas me cacher, mais tu dois être fier de moi… Ne suis-je pas ton amie, ta maîtresse ? » Vaincu, mais consentant, il me disposerait élégamment en guise de pochette sur son costume marine. Je pourrais voir le monde, les gens avec lesquels il s'entretient. Je lui insufflerais du courage et des éclairs de génie. Ses amis le trouveraient changé. Parfois, sur son lieu de travail, il se permettrait de me déplier et d'enfouir son nez dans mes replis. Il aurait un besoin émouvant de me prendre, de m'effleurer, de me tâter. Je m'épanouirais contre sa peau, folle que je suis, amoureuse d'un humain. Bien sûr, je lui pardonnerais des moments d'égarement où, d'avoir trop affolé sa virilité, j'en aurais exsudé quelque sirop suave. Heureux, retrouvant l'étymologie du mot « lingerie » – du latin « lingere » qui signifie lécher – il me laverait de sa douce langue. Il me boirait, se noierait en moi. Il me déposerait sur son visage pour s'endormir et je filtrerais le jour pour lui. Il me consolerait de l'absence de ma maîtresse, me la ferait oublier.

Malheureusement, ce n'est qu'un rêve… Je ne l'ai pas encore rencontré.

Une confidence en amenant d'autres, un petit string amande se mit à raconter son aventure. Hier soir,

Mélissa avait un rendez-vous. Elle est sortie avec un homme inconnu jusqu'alors. Elle avait soigné sa tenue. Coordonné vert pâle, porte-jarretelles. Jupe très moulante et courte, chemisier échancré. Le grand jeu pour un Amateur. Mélissa était fondante en « After Eight » inversé : chocolat couvert d'une fine feuille de menthe, croquante comme une « Smarties ». Le voile léger s'imprégnait déjà de douceur. La coquine est un peu exhibitionniste et elle n'a pas hésité à montrer la dentelle de ses bas en montant en voiture. Après un bon repas, pendant lequel mon amie commençait à trouver le temps long, ils se sont enfin embrassés langoureusement. Denis a proposé un dernier verre chez lui. Il a garé sa voiture dans le parking privé, et il est venu ouvrir la porte à Mélissa. Tout à coup, il l'a retournée face au capot, l'a courbée et… devinez. L'horreur… Un authentique connard, celui-là. ! – Pardon pour le gros mot. Rien de pire ne peut nous arriver. Crac à droite, crac à gauche, il a brisé les délicats élastiques d'un geste sec. Le petit string amande frémissait de courroux. Sacrilège. Il s'est trouvée déchiré, chiffonné, piétiné sans vergogne dans une mare de graisse nauséabonde. Quand on songe aux soins que Mélissa lui avait prodigués ! Lavage avec un shampooing spécial, essorage dans les bras d'une serviette de toilette, séchage loin du feu ! Elle l'a quand même ramassé et mis à l'écart, en souvenir. Quand ce petit slip torturé nous a raconté cela, nous en étions toutes écœurées. Avoir une telle fin ! Il paraît que beaucoup d'homme ne rêvent que d'arracher les fins barrages que nous constituons. Le petit string amande a finalement disparu à la poubelle, cimetière des chaussettes et des dessous. Nous l'avons pleuré quelque temps, et puis il fut remplacé. C'est notre lot. Mourir de vieillesse, de décolorations – l'eau de Javel est un ennemi redoutable –, de chaleur excessive ou bien de lacérations délictueuses…

Une nuit de pleine lune, deux slips rouges, ne sortant curieusement qu'une fois par mois, se sont confiés à voix basse. Nous étions tous attentifs et, dans le tiroir, seuls les craquements du bois ponctuaient leur récit. « Nous sommes peu nombreux à connaître un aspect caché de Mélissa. » Ils développaient le mystère et enflaient leurs voix. Devenues rauques par moments, elles grinçaient en lame de scie. En véritables comédien, ils ont su nous faire trembler d'effroi.

« … N'oubliez pas, elle fut terre argileuse malléable, rouge jusqu'à en devenir noire parfois, gluante et caoutchouteuse, nourrie de compost et de déchets organiques, de sang et de larmes accumulés et phagocytés, avant d'être végétal. Puis elle fut Gorgone, son prénom se déclinait alors en Méduse, reine du jardin des Hespérides. Elle avait des mains de bronze, un cou protégé par des écailles, un regard étincelant, une mâchoire constellée de petites dents effilées en lames de rasoir. Elle fondait le cycle perpétuel des renaissances. Puis elle préféra au Quetzalcoatl emplumé des Mexicains le Serpent tentateur d'Ève. Elle vécut ce conte pervers que les humains n'arrivent pas à expier. Puis, de luttes en soumissions, elle traversa les époques. De peau noire, elle porte en elle les tourments de cette race des seigneurs rendus esclaves. Aujourd'hui, reniant toute faiblesse, elle garde la tête haute, exhalant parfois un venin paralysant. Ce combat vital a enfanté des crotales doués, intransigeants et tellement sensuels. »

Silence. Où voulaient-ils en venir ?

Nous étions toutes suspendues aux dentelles rouges qui poursuivaient leur récit.

« Mélissa a conservé de la mémoire ancestrale un goût prononcé pour le sang. Animal primitif, elle erre les nuits de menstrues à la recherche d'un vampire. Son odeur les attire et il est bien rare qu'à minuit, elle n'aie pas déniché un comparse. S'en suivent des courses sous les ponts, des égarements sur des tas d'ordure, des heures folles et vermillonnées où la jouissance confond deux substances également gluantes et fades. Ne l'avez-vous jamais vue rentrer au petit matin, hallucinée, échevelée, des mèches collées de sueur et de sang, ses habits déchirés et puants, ses bas filés ? Parfois ces individus la frappent, la torturent. Puis, ils boivent à la source sombre l'hémoglobine nécessaire à leur vie et elle rugit, hurle, égratigne leurs dos, leurs culs, leurs couilles de ses ongles acérés... Nous, les petits slips rouges, n'avons que peu de temps à vivre avec Mélissa. Souvent, dès la première sortie, nous sommes oubliés sur un couvercle de poubelle et nous sommes vite remplacés. Il nous arrive de passer un moment paisible avec une ménagère de passage, ou bien c'est l'holocauste, avec les dents cruelles des broyeuses... Mais nous n'avons pas de regrets, votre côté bourgeois nous déplaît. Mélissa ne serait pas femme si la violence en elle ne pouvait s'exprimer. Mélissa est l'apologie du corps sensible, sensitif, luxurieux. Elle a eu une explication à notre égard. Il n'y a rien dans l'esprit qui ne soit passé par les expériences des sens... Cela nous suffit. »

Incroyable ! Qui aurait imaginé cela ? Dans le tiroir, nous avons passé trois jours sans faire la fête, sans nous adresser la parole tant le récit des « rouges » nous avait perturbées. Et puis j'ai repris le dessus. Il s'agit certainement d'un rêve collectif. En effet, quelques odeurs inconnues étaient parvenues à nos délicates fibres, nous avaient enveloppées et persistaient encore. Paradis artificiels, opium ou héroïne ? Volupté et torture. Gouffres de la matière aux frontières du réel. Mélissa, as-tu pris de la mescaline hallucinogène qui perturbe la vision et accroît la perception des couleurs ? Ou bien as-tu cuisiné une poêlée d'amanites ? Es-tu le médium obligé des chamans ? Vers quel rituel t'es-tu laissée entraîner ? Mélissa, si forte et parfois si vulnérable… Nous ne le saurons jamais. Cependant, étirées comme nous l'étions, un peu d'euphorie factice nous a remis les élastiques en place.

Ce soir, Mélissa m'a sortie pour Benoît, elle me l'a confié à l'oreille. Elle est si câline. Je récuse, j'ai déjà oublié le récit fantasmagorique des rouges. Benoît. Ouf ! Je le connais. Un instant j'ai tremblé de rencontrer un sadique, égorgeur d'élastiques ou éventreur de dentelles. Lui, je l'aime bien. Il a un regard si avide de baisers ! Quand ses yeux lui adressent des lueurs de convoitise, des étincelles de démence, des gouttes de fascination, elle fond et me mouille d'une rosée savoureuse qui m'imprègne toute. De plus, il lui arrive de me contempler longuement, de m'électriser d'un courant insoutenable. Il m'enveloppe de mots d'amour « cucus » qui s'accrochent à mes broderies. Idiote, comme toutes les femmes, ses mots échouent en Credo sur mon cœur d'artichaut. Cependant, j'ai l'impression qu'il trame un méfait. Son œil s'allume parfois de verts éclairs de mauvais augure. Cela excite beaucoup Mélissa, mais la frayeur me gagne. Les hommes sont si imprévisibles.

Ils sont partis en voiture. Destination inconnue. Il lui ouvre la portière. Mélissa s'avance, ses jambes s'écartent pour s'asseoir et je ressens un courant d'air rafraîchissant. Tout de suite, elle serre les genoux, tire un peu sur sa jupette et se penche pour l'embrasser. J'aime bien car cela me réchauffe. Je m'insinue plus avant entre sa pulpe veloutée, je m'aplatis entre ses lobes lunaires, je m'incruste. Ils roulent depuis quelque temps, un blues en sourdine facilite une conversation à laquelle je ne prête pas attention. Ils roulent. Le silence est revenu, elle a posé la main sur sa cuisse... Ils sont attentifs à la montée de leur désir. Ils roulent. La jeune femme transpire un peu à mon niveau. Je préfère la moiteur tropicale à la sécheresse des déserts de Gobi. La main droite de Benoît vient de s'aventurer sur son genou. Il s'attarde un peu, progresse lentement mais sûrement. Je ne vois pas Mélissa, mais je suis certaine qu'elle commence à s'abandonner. J'habite son souffle intérieur. J'ai conscience de ses yeux fermés sur le plaisir que lui provoque cette lente reptation. Je me sens fluer, confluer, refluer au rythme d'un moteur à 6 000 tours par minute. Que va-t-il se passer maintenant ? Quelle vague va m'honorer ? Je m'en imprégnerais si vite ! Je ne veux pas croire qu'il va franchir la barrière de coraux formée par l'élastique...

Tout à coup, je perçois les propos du chauffeur.

— Accepterais-tu, Mélissa, de me faire le plaisir d'une audace ?

— ...

— Je voudrais que tu enlèves ta petite culotte dans la cabine téléphonique, au moment où un véhicule passera devant toi. Je souhaite que le conducteur ralentisse, voie tes fesses nues, ton sexe ouvert. Tu te caresseras en essayant de capter son regard. Enfin, tu laisseras ta culotte en otage ou à sa disposition.

J'en reste muette d'indignation. Elle ne va pas me faire cet affront ! La main de Benoît a quitté son genou, pour venir flatter son sein. Visiblement, il attend, sûr de lui. Doux, mais ferme. Il n'aime pas trop la contradiction. Émue – mais pourquoi donc ? J'ose croire que c'est par égard pour moi – , Mélissa s'est laissée glisser sur le siège. Elle m'a arrosée de quelques dernières larmes de cyprine en guise d'au revoir. J'ai senti dans un nuage d'effroi ses deux mains se glisser sous les élastiques, me tirer lentement vers le bas, le long de ses fines jambes qu'elle avait relevées. Une voiture avait ralenti et dans la lueur de la cabine, une femme noire se masturbait les yeux grands ouverts sur sa douceur. Je quittais son sexe humide et déjà, je me trouvais tire-bouchonnée, entortillée comme un vulgaire bout de chiffon sur le tapis de sol. En un geste d'amour, elle m'a redonné une forme convenable, m'a accrochée au combiné téléphonique. Défi ou soumission ?

J'ai pleuré silencieusement, engluée jusqu'à l'âme. Puis, le calme de ce théâtre vide m'a insufflé des réflexions inhabituelles. « Combiné » résonnait de façon baroque. « Combiné, combiné… » Je n'aime plus du tout ce mot. Il est plutôt héritier de « combine » que de « galanterie ». Lorsque j'ai vu s'éloigner la voiture de Benoît, j'ai pensé qu'elle reviendrait me chercher. Sur les parois de verre, quelques larmes finissaient de couler. Ce surcroît d'humidité mêlé au lourd parfum de Mélissa densifiait l'atmosphère. Saoulée, je n'avais plus l'esprit clair.

Finalement, j'ai explosé en une syntaxe textile accablante, toute la cohorte d'un vocabulaire injurieux a déferlé. « Chiffonnière de chanvre mal équarri, tu m'as oubliée, filasse mal torsadée, tu m'as abandonnée sans remords, fibres mal cardées, humaine en catgut, ta mémoire se résorbe bien vite. Coutil borné, serge rugueuse, grossier calicot… parasite du coton, filaire sans cœur… » Quand tout mon fiel fut déversé, mon impuissance vengeresse m'a fait sécher. Dans ma solitude frissonnante, les lueurs crues des phares s'éclataient en une multitude de phosphorescences créant des réseaux d'entrelacs et de circonvolutions blessantes pour ma blancheur. L'un d'eux, plus jaune, plus doux, m'a tout à coup adressé un clin d'œil. « Courage, petite, elle ne t'a pas laissée dehors, livrée aux intempéries et aux corbeaux… » De mon drapé le plus élégant, je l'ai remercié, mais mes troubles visuels et verbaux ont perduré. « Filaire, filaire, sale bête… »

Je ne saurai jamais si elle est repassée ultérieurement car le lendemain, très tôt, un jeune homme, regard de vair, pas rasé comme je les aime, malgré les éraflures que ses joues laissent sur ma chair délicate, est rentré dans la cabine. Peut-être m'a-t-il aperçue encore perlée de larmes amères ? Oh ! ma tête, ma pauvre tête toute plissée ! Je n'étais pas très jolie, ni très propre. Mon esprit tourmenté semblait enchâssé, inversé, comme un gant trop étroit que l'on quitte en le retournant. Il m'a trouvée, m'a contemplée, m'a remise à l'endroit, m'a de nouveau contemplée. Je n'osais bouger, éperdue, dans une attente fébrile. Puis ce fut le trou noir, la nuit dans une poche, tout près de sa cuisse. Il m'a adoptée et son émotion lui a fait oublier le coup de téléphone urgent. J'ai ainsi retrouvé ma dignité. Mes fibres ondulent, je suis un bel objet de plaisir. Je me laisse aller, les yeux grands fermés sur mon avenir. Piège magnifique des culottes tentatrices, combien d'amoureux se sont-ils pris dans les fils de nos charmes ?

Le langage brun de ses baisers se fait plus doux ; il se rase. Quand je suis seule, je chantonne tout en lissant subtilement ma dentelle, je me frotte pour rendre brillants mes fils de soie et surtout, je fais des étirements. Et un, et deux, et trois, je m'accroche à un bouton, j'allonge mes élastiques et mes fils tenseurs les compriment. Il ne s'agit pas de bâiller ! Je veux rester coquette pour lui. Ma forme est radieuse car j'ai enfin réalisé mon fantasme. Il m'idolâtre, en oublie de manger. Je suis bourrée d'impératifs, si exigeante. Le pauvre maigrit, il m'étale sur son bureau, parle seul, me respire, me baise, me promène partout avec lui. Je me quitte plus sa poche, ni ses pensées. Mélissa ? Oubliée. Je lui ai pardonné. La vie est belle ! Béatitudes… Il m'aime comme dans mes rêves les plus heureux, jusqu'à l'écœurement, jusqu'à la démence.

Ce matin, un de ses amis lui a dit : « Tu es pâle, tu files du mauvais coton. » Cet humour-humain m'a giflée. Il est devenu irrationnel, dort mal, marmonne, ne rit plus. Névrose ? Quelquefois, le contact froid d'un marbre me bouleverse, une nostalgie bleue m'imprègne, je me sens si seule ! Que deviennent mes amies du tiroir Louis-Philippe ? Mon attente sensitive touche à sa fin. Une profonde lassitude s'empare de moi, les femmes sont vraiment versatiles. À l'apogée de la réalisation de mon vœu le plus cher, je m'en détourne. Ma cervelle est-elle tombée dans mes basques humides ? Ah ! Il commence à m'ennuyer, avec ses baisers mouillés !

J'ai rêvé si fort d'elle que ses odeurs me sont revenues. J'émane de nouveau l'alchimie complexe de ma Mélissa, entre citronnelle et explosif à base d'acide picrique. Ma pensée la recrée, elle renaîtra bientôt. Je vais nous sauver, lui et moi. Ils se trouveront et nous serons trois.

Je crois qu'il va mettre une annonce dans le journal pour essayer de trouver Mélissa, dont je l'ai rendu fou amoureux. Cependant, certains soirs où il erre à sa recherche, j'ai peur. Peur d'elle, peur pour lui et surtout peur de mon avenir éphémère de petite culotte entremetteuse.

Il l'a trouvée et passe de longs moments au téléphone en me roulant entre ses doigts. Comment a-t-il réussi ? Je l'ignore, mais j'en ai assez d'être un objet adulé. La concentration me met en boule, leur rencontre doit être fastueuse...

Il est prêt.

Irrésistiblement j'ai guidé sa volonté vers l'appareil. Il l'appelle.

« Viens tout de suite, comme tu es, je te désire jusqu'au scandale. »

Aucune parole ne peut avoir autant d'effet sur elle, je le sais. Mélissa accourt déjà, l'imaginant cristallisé dans une verticalité ineffable. Parée d'une de mes consœurs sous sa fourrure de renard argenté, son corps vibre de l'épanouissement luxuriant des nénuphars. Alors, sans ménagement, il va arracher cette barrière hostile, la piétiner, pour arriver plus vite au soyeux duvet de sa fleur sombre. Il va connaître la voracité de ses reflets humides...

Il lui a interdit de porter des culottes, aucune ne trouve grâce à ses yeux. Je reste l'Unique à pouvoir de nouveau m'unir à elle.

Serait-ce un reste de fidélité à mon égard ?

Sophie Cadalen

L'Anniversaire
avec un grand A

Elle s'affaire autour de la table. Pose les bougies. Elle les allume. Les éteint, il est trop tôt. Les rallume. Elle s'assure de l'effet et de l'allure festive de ses apprêts.

Nous sommes le jeudi treize novembre. C'est l'anniversaire de son mari, Alain. Et celui de leur rencontre. C'est lors d'une surprise-partie en l'honneur de ses vingt-cinq ans qu'elle l'a connu. Elle accompagnait la fiancée d'un ami d'Alain, comme lui en école d'ingénieur.

Ils sont sortis souvent, Alain et elle, au cinéma, au théâtre, au concert, avant d'oser s'embrasser. C'est un peu elle qui a pris l'initiative, elle en rosit encore. Il fallait bien l'aider...

Ils sont mariés depuis six mois. Leur vie quotidienne a pris d'emblée le cours rassurant de l'immuable et de l'inéluctable. Dans deux ans, ils feront un enfant. Deux ans pour conforter leurs emplois et poser les marques de leurs carrières. Surtout celle d'Alain. Elle, Annie, ne sait pas si elle cessera de travailler à la naissance du premier ou du second bébé. Il faudra calculer au plus judicieux.

Ils veulent quatre enfants. Comme leurs parents. Elle adore l'idée de se consacrer à la chair de sa chair. En attendant, elle profite de son emploi comme d'un jeu qui n'est pas le sien, et qu'elle rendra un jour à son propriétaire.

Mais, depuis une semaine, elle vibre et vit à l'heure des trente ans de son époux. C'est important, trente ans ! Elle veut l'épater d'un anniversaire inoubliable, et peut-être tenter de le déstabiliser un peu, un tout petit peu… son Alain, que pas grand-chose n'émeut, qui fustige les célébrations comme autant de corvées et d'obligations…

Avec elle, ce sera différent. Elle va lui donner le goût des surprises, des cadeaux que l'on devine, de l'air qui s'électrise. Et des repas en amoureux, qui marqueront chaque étape de leur vie à deux pour toujours.

Alain est tellement rationnel, et si rassurant. Pour s'amuser – et le lui offrir – , elle a acheté un traité d'astrologie sur son signe, le scorpion. Elle l'a feuilleté, forcément avide d'une réponse à : « Qui est-il ? Et que suis-je donc à ses côtés ? » Elle-même est vierge – ça la fait rire –, elle a aussi pris le livret correspondant. Ils se régaleront ce soir à se décrire dans les grandes lignes de leurs personnalités. En vrai cadeau, il aura un stylo plume, un Wintermin, magnifique d'élégance et de raffinement. Alain aime les valeurs sûres, les qualités éprouvées. Il sera enchanté.

Elle lui réserve une autre surprise.

Pour celle-là, elle a le trac.

En lisant la description de son scorpion de mari, elle a remarqué l'insistance de l'auteur sur le caractère érotique des natifs de ce signe, leur singulière et vénéneuse sensualité. Non pas qu'Alain soit tout cela, loin de là !... mais s'il l'était un peu quand même ?

Elle a fomenté, pour honorer la pleine entrée de son époux dans la maturité, de simuler la Fatale. D'être Une Autre, pour lui, ce soir. Elle n'est pas certaine d'y arriver, pas très sûre qu'il apprécie. Elle arrêtera immédiatement si Alain se crispe – on voit tout de suite quand Alain n'est pas d'accord –, elle lui expliquera que c'était « pour rire ». Et puis, si cela lui plaît, peut-être la regardera-t-il un peu autrement, un peu moins sagement... Ce n'est pas qu'elle ne pense qu'à ça, oh non... ! Mais elle rêve parfois qu'il y pense, lui, un peu plus, un peu plus souvent, un peu plus longtemps...

Mais aujourd'hui Alain a trente ans, et sa petite femme lui concocte une autre femme, en sa personne.

Il est bientôt dix-neuf heures. Alain a promis qu'il rentrerait tôt. Il ne devrait pas tarder. Elle a juste le temps de se changer et de se maquiller, d'enfiler la tenue d'Annie la flambeuse, Annie l'allumeuse, Annie la baiseuse... Oh, ça lui a échappé... !

Cette petite gâterie a bien grevé son budget, et a réjoui son âme dépensière claquemurée de pragmatisme. Elle s'est acquise la parfaite panoplie de « celles qui sont faites pour ça » : jarretelles et porte-jarretelles, bas, culotte minuscule en dentelle noire, soutien-gorge à balconnets...

Elle enfile les sous-vêtements avec excitation et délice.

Elle se regarde dans la glace. La parure éclaire et ponctue son corps laiteux. Le porte-jarretelles s'enfonce dans le moelleux de ses cuisses, les fait appétissantes, presque jolies.

Elle hésite. Puis se décide. Elle enlève la culotte. Soulignée d'accessoires, sa motte brune est plus aguichante encore que le soupçon d'étoffe.

Elle rassemble ses cheveux en un chignon lâche. Sur sa nuque vagabondent des mèches frivoles. Elle se maquille les yeux, les trouble de velours et les noie de promesses. Elle peint ses lèvres d'un rouge de sang, un rouge de ventre. Il éclabousse le nacré de sa peau. Elle enfile une petite robe noire, très sobre, très courte, très moulante, très décolletée. Aussi coûteuse que le tissu est rare.

Elle chausse des escarpins à talons aiguilles. Les minutes avant l'arrivée d'Alain ne seront pas de trop pour s'habituer à ces hauteurs par elle peu fréquentées.

Elle descend au salon, l'arpente et assure son déhanché, elle avale une rasade de vin blanc pour réchauffer son interprétation qu'elle craint trop timorée à l'échelle de ses coquetteries.

À vingt heures, les pneus de la voiture d'Alain crissent sur les graviers de l'allée.

Annie est prête, le visage et l'esprit rougis de muscadet, le corps délié et familiarisé à ses nouveaux atours.

Alain pousse la porte, comme chaque soir les épaules levées et les traits tirés de responsabilités. Il lance un « bonsoir » distrait, pose son attaché-case et accroche le manteau à son cintre. Il lève – enfin – un sourcil au spectacle de la table en lumière et couverte de mets en liesse. Un sourire ouvre son visage, soudainement figé à la vue de sa chère Annie, enfoncée dans le canapé, les lèvres épaisses et les yeux si brillants... Elle l'accueille d'une voix descendue d'un octave : « Bonsoir, mon amour.

Bonsoir, homme de trente ans. Bonsoir, amant de mon cœur et de mon corps... »

Alain est stupéfait. Dérangé par cette mascarade énervante. Très attrayante. Annie – si empressée d'habitude – se lève avec paresse, le frôle ostensiblement de ses seins – qu'il n'a jamais vus si pointus –, se penche jusqu'à découvrir le haut de ses cuisses – elle a des bas ! – et lui sert une longue rasade de whisky. Elle s'approche de lui, plonge ses yeux dans son regard hébété, lui colle le verre dans la main tandis que la sienne, de main, lui attrape les testicules. Il pousse un petit cri et bondit en arrière.

« N'aie pas peur, mon lapin, je ne vais pas te manger... »

Il ne reconnaît plus Annie, son Annie, sa douceur, sa transparence. Il ne voit qu'une bouche, un gouffre immense, captivant, d'où s'échappent des dangers aux paroles rassurantes.

Annie est grisée par l'épouvante d'Alain. Elle s'enhardit, s'assouplit, s'embellit en ce rythme de mots et de gestes, en cette orchestration lascive créée pour l'occasion. Elle recule, observe le mâle coincé entre ses mailles, ce brillant ingénieur annihilé par une féminité gourmande. Elle se rassoit, croise et décroise ses jambes, l'hypnotise de l'indistinct triangle qu'il devine. L'angoisse d'Alain disparaît dans ces profondeurs. Son esprit rompt d'avec ses affolantes spéculations, ses idées se figent, sa queue se dresse. Il l'a tellement imaginée, cette chatte à portée de main et de regard. Un sexe autonome qui ne s'embarrasserait ni de courbettes ni de bienséances. Elle n'est pas à Annie, cette fente, elle est trop crue, trop réelle, trop impérative. Il ne voit que des broussailles, ne pense que par elles, elles lui sourient dans l'ombre d'une robe qui les recouvre à peine.

Annie se chauffe à cet œil obstiné, brûlant et obsédé. Elle entrouvre un peu plus les jambes, remonte sa jupe jusqu'à l'extrême limite de la mise en plein jour de sa touffe. Elle écarte, referme, écarte, referme et écarte davantage ses cuisses. Une moiteur trempe, telle une transpiration, les méandres de sa matrice. Elle a une envie folle de se toucher. Elle n'ose pas. Elle ne l'a jamais fait. Pas comme ça. Pas devant quelqu'un. Pas devant Alain. Mais le soufflet de ses jambes bâillant sur son désir l'emporte et lève toute hésitation. Elle plonge sa main, presse son coquillage, y promène son index et le porte, voluptueuse, à sa bouche.

Alain perd ses derniers stigmates de maîtrise. Il se précipite sur Annie, sur sa chatte. Les bas, les jarretières sont accessoires, seule irradie et l'interpelle cette mousse vivante, ouvrante, parlante, cet abîme sans fond, ce sexe sans nom. Il soulève les jambes d'Annie, les pose sur ses épaules. Elle est en poirier sur le canapé, tenue par lui. Il a plongé dans l'entrejambe d'Annie, il respire sa touffe, il la sent, il la mord, il la mange, il s'y jette comme un affamé.

Le sang afflue à la tête d'Annie et brouille l'ordonnance de ses sensations. Elle est dépassée par le jeu, par Alain, par sa violence et son avidité. Il la fourrage sans ménagement, grogne et souffle entre ses poils, mord et tire son clitoris, la lèche de larges coups de langue. Elle est effrayée de plaisir, d'un plaisir si intense qu'il doit être fatal. Elle ne veut pas qu'il cesse.

Il la lâche. Tout à coup. Elle s'affale. Il reste debout.

Défait sa ceinture, tombe son pantalon, saisit Annie par les cheveux, enfonce l'érection de sa verge dans cette bouche fardée. La fellation n'est pas très prisée dans leurs rapports sexuels et se résume à de petites et furtives lapées. Parce qu'il faut le faire. Parce que tout le monde prétend le faire... Ce soir, chacun son tour, ils s'empoignent à pleine bouche, se sucent à plein palais, se mordent de toutes leurs dents. Annie suffoque de cette grosse queue au fond de sa gorge, elle déglutit de tant de chair. Et elle pompe, elle pompe... Elle est la salope fantasmée, convoitée et désavouée. Elle tient Alain par la queue, par les couilles, elle l'avale, elle l'aspire, elle le boit, s'en emplit, l'engloutit...

Il sort brusquement. Il ne veut pas jouir, il n'a pas encore fouillé les inexplorés aujourd'hui abordables. Il la retourne, installe son cul en offrande. Son cul si rond, si lisse, si beau serti de jarretelles. Il y frotte sa pine salivée, en tapisse la raie des sucs d'Annie, pointe son phallus à l'entrée. Et s'y enfonce sans ménagement, sans l'attendre. Enfin il y est ! Cette garce lui a ouvert les portes ! Et il lui met ça, et ça, et ça ! Il la défonce sans faillir et sans s'amollir. Annie pleure, dit qu'elle a mal, qu'elle a peur, qu'elle veut arrêter... et mouille, mouille, mouille, et jouit, jouit comme jamais. Il rugit en elle, éjacule sa rage, il s'enfonce jusqu'à la garde de ses couilles. Et se vide et s'effondre sur le cul explosé d'Annie...

Alain s'affale sur la moquette, adossé au canapé. Annie est allongée, le visage enfoncé dans les coussins.

Le temps est figé.

À moins que justement il ne reprenne son cours, et les laisse échoués sur ses berges.

Il remet discrètement son pantalon, elle tire sur sa jupe,

dissimule l'éhonté de son débraillé. Elle souffle un « bon anniversaire » qui claque comme un pétard mouillé.

Ils ne savent comment se dépêtrer de leurs débordements. Alain se lève et s'accroche au verre de whisky qu'il n'a pas touché. Elle s'engouffre dans l'escalier et invoque « un coup de peigne » à peine audible.

Elle s'enferme dans la salle de bains. Se regarde dans la glace. Le maquillage a coulé, sa mine est pitoyable. Elle ressemble à la pute qu'elle est. Et dont elle déteste qu'il l'ait aimée.

Elle se douche. Enfile la robe de chambre molletonnée de la vraie Annie, revient s'activer à la cuisine, s'échine à composer le « comme si de rien n'avait été ».

Alain la regarde à la dérobée. Il se demande où est passé le bon coup qu'il vient de tirer. Comment Annie peut-elle ne pas être, avoir été, et ne plus être à nouveau… ? Une suspicion maligne s'insinue, l'empoisonne. Annie oserait-elle, exulterait-elle ailleurs ce qu'il rêve avec d'autres femmes… ? Il lui en veut d'avoir bandé pour elle, d'avoir tellement désiré son cul et sa chatte. D'autres peuvent donc la convoiter tout autant... Et elle est là, si propre, si lisse, si parfaite. Il pressent un mensonge qu'il ne sait démêler, un goût de trop qu'ils auraient dû éviter, un confort qu'ils ont bousculé.

Annie ne connaît pas Alain. Alain a envie de choses dégoûtantes. Elle ne lui soupçonnait pas une telle brutalité. Elle l'accuse en silence d'avoir triché, d'avoir pertinemment caché une rudesse qui peut surgir à tout moment, en des bras étrangers ou des circonstances encourageantes. Il faudra être aux aguets, toujours.

Ils dînent posément, précautionneusement. Le repas

est délicieux. Alain s'extasie en découvrant le stylo Wintermin. Annie garde le livre d'astrologie. Elle ne pense plus que ce soit une bonne idée.

Alain la remercie de ses prévenances. Puis ils se couchent. Se tournent chacun de son côté.

Ils restent longtemps les yeux ouverts, ouverts sur ce qu'ils ont entrouvert et cherchent à refermer.

Annie sent l'insomnie d'Alain. Sans bouger, elle murmure :

— Alain, si nous faisions un enfant ?

Alain se tait. Puis :

— Oui, tu as raison, n'attendons pas. Mais pas ce soir, je suis fatigué.

Annie, soulagée, s'empresse de répondre :

— Nous avons tout le temps Alain. Et puis… nous ne sommes pas des bêtes.

Ils s'endorment, enfin apaisés. L'enfant effacera l'ardoise de leurs turpitudes. Ils ne baiseront plus, ils concevront un bébé. Voilà qui est sain. Voilà qui est normal. Voilà qui les rassure.

Voilà qui remet tout en ordre.

ANNE CÉCILE

BLEU OU LA PISCINE

Aussi loin que je me souvienne, j'ai toujours aimé l'odeur et l'atmosphère des piscines : le côté chaud, humide, tropical me rend toujours moite et désirante. Comme enveloppée d'une douce torpeur, à même la peau.

Le fait déjà de se dévêtir, dans le parfum de chlore, le bruit retentissant de tous les sons amplifiés et assourdis, de laisser tomber une à une toutes les pièces de vêtement, et les parcelles de stress qui y restent collée, me rendent toujours euphorique avec le cœur qui bat plus vite. Et comme une émotion légère qui cavale sur l'épiderme.

Je n'aime rien tant que sentir mes mains courir sur mes jambes, prises dans l'échancrure d'un maillot de nageur, le plus bel écrin, sexy de n'être prétendument que sportif. Justement parce qu'on n'est pas censé penser à ça, à cet endroit-là, dans ce lieu-là.

Mon entrejambe, lieu secret et maritime, piscine intérieure bien gardée, océan vivant aux senteurs d'iode, recherche explorateur aventureux et passionné pour redessiner à deux la carte des eaux.

C'est alors que je l'aperçois. Christophe Colomb en personne. L'homme bateau qui croise les mers jusqu'au tréfonds. Et la sirène en moi s'agite et bat de la queue. Car l'évidence se profile. Lui, je le chevaucherai. Il me naviguera. Instantanément, je fonds, je me dilue, et je lui rends hommage.

Peu d'hommes, me dis-je, résistent au test du moule-bite – bonnet de bain en latex – lunettes de nageur – claquettes.

Certains ont juste l'air d'avoir de petits zizis morts de froid et de peur, recroquevillés comme des chatons sous une couette.

D'autres arborent de gros ventres bombés, que nulle chemise coûteuse n'arrive à faire passer pour du statut ou de la gloire.

D'autres encore ne sont que mélange de peau blanche, striée de nervures, clairsemée de poils, moitié cheveux, moitié calvitie, et le reste érigé en système pileux anarchique sur fond de chair de poule.

Lui... Lui se tenait grand, fort, fier, souple, ferme, taillé en Y : un V et une jambe en dessous.

Je ne vis que sa troisième jambe.

Belle bite reposant calme et tranquille au creux de l'aine.

Bite fière et noueuse, musculeuse, large, à la naissance de sa jambe, là où le ventre finit. Dans ce creux si doux à lécher jusqu'à plus soif, où, déjà, je voulais mourir et ne plus jamais bouger.

Une peau imberbe, lisse, soyeuse, à la couleur parfaite : ni blanche, ni verte, ni bleue, ni marbrée, ni mauve. Une peau claire d'homme blanc, laiteuse, duveteuse, souple, une peau de jeune vierge à griffer, à lacérer, à maltraiter un peu.

J'ai instantanément le ventre qui se serre. Le désir monte. Avec lui, la nécessité de m'incruster dans cette chair comme un tatouage, de m'insinuer en lui comme l'encre bleue, bleue comme le sang dans ses veines, bleue comme mon clitoris congestionné de désir, bleue comme la piscine qui nous regarde en riant de tous ses clapotis, de tous ses rires d'enfants, de tous ses bruits qui couvriront les nôtres. Bientôt.

Le bruit sec de sa main sur mon ventre qui claque comme une voile au vent. Le bruit mat de ses hanches qui se calent contre mon cul. Le bruit humide de sa langue dans mon oreille.

Il est arrivé par-derrière. Vient de sortir de l'eau. Sa peau fraîche. Sa respiration lente. Il m'a regardée. Est allé poser son bonnet, découvrant une crinière châtain, noisette, sur deux yeux bleu-vert comme un lagon.

Il est revenu par-derrière. Son bras, sur lequel courent des poils clairs parfaits de virilité contenue, me bloque à la taille.

Son vit, plaqué contre ma raie, me dévisse les sens et me fait péter tous les plombs.

On commence à danser. Lentement. Doucement. En regardant le bassin. En progressant sûrement vers les cabines. Trois pas derrière nous. Surplombant l'eau. Entre ciel et mer. Coursives d'époque. Fer forgé. Béton. Humide. Chaud. Tropical.

Il me happe vers l'arrière. Claque la porte de la cabine. Deauville début de siècle en plein Paris. Bois blanc. Découpe ronde dans le bois de la porte qui permet de surveiller l'extérieur, planche en bois horizontale comme un banc depuis lequel regarder passer les paquebots.

Il me colle au mur. Fermement. D'une main large, écartée, les cinq doigts en étoile éclatée sur mon plexus, il me maintient appuyée contre le mur. Ses yeux ne lâchent pas les miens. L'autre main écarte sans douceur mon maillot Speedo... speedé... speedant... vitesse de la lumière à laquelle mon cœur et mon con battent de concert.

Il se saisit de mon clitoris et joue. Le rythme, la légèreté des mouvements contredisent la sévérité du regard, l'absence d'émotion sur son visage. Il ne dit rien. Je ne dis mot. Il prend et lâche et pince et effleure. Glisse, râpe, écorche, caresse le clitoris trempé, qui est le mien, sûrement, puisque je commence à haleter.

Sa bouche, incroyablement charnue, passe et repasse sur mon visage. Il me respire. Il ne m'embrasse pas. Pas encore. Ses mains larges d'homme de mer courent sur moi. Il applique l'une d'elles sur ma tête, et l'incline vers le bas de son ventre. Il n'était pas obligé. Je ne rêve que de cela. Prendre de ma bouche la mesure de son sexe. L'enfourner tout entier dans ma bouche. Sublime découverte. Sublime sensation. Il est monté comme un dieu-cheval. Et je vais le grimper. Me faire monter et saillir comme une jument. Je m'écarte et m'ouvre. Mais pas encore pour son bâton de pèlerin. Tout d'abord ses mains. Il est affalé sur le petit banc. Je suis à demi agenouillée. Une jambe à terre. Une sur le banc. Son poing rentre entier en moi. Dieu que ça fait mal ! Dieu que c'est bon ! Je le suce sans ménagement aucun. Il me fourre deux doigts dans le cul. M'écarte. Joue avec Janus et Jupiter en même temps. M'explose, m'éclate, me dilate. Me met en orbite.

Et je suce et je pompe et je darde mes rayons, je crache le feu sur sa bite raide et sacrée, j'éjacule par la bouche ma salive et mon plaisir. J'aime l'odeur brutale et chlorée de sa baguette magique. Je le suce encore et encore. J'écarte ses jambes. Je lèche l'une après l'autre les couilles parfaites, rondes, tendres, délicates, douces, avec le sentiment parfait de m'offrir une oursinade. Même chair délicate, même goût d'iode. Il éjacule et je bois ce jet de mer et de lait mélangé, je lèche encore et encore. La transe parfaite qui me meut me rend insensible au temps, aux bruits du dehors. Je ne suis que sensations, que langue, mains, fesses, cul, hanches, peau. Et je lèche encore. Fort et vif. Ma langue, mon visage sur sa pine. Il ne débande pas, d'ailleurs.

À peine a-t-il un peu faibli. Une langueur plus qu'un ramollissement, me semble-t-il.

J'ai à peine le temps d'y penser. À son tour il m'allonge vers l'arrière. M'écarte. Se met entre mes jambes. Il est à genoux. Offert. Il me dévore. Sa langue, ses doigts, ses mains, son nez, ses sourcils, ses joues, ses cheveux, il va et vient, sa tête conte mon sexe. Je suis une mer en feu avec un orage immense qui tonne et un arc-en-ciel par-dessus.

Je jouis sans discontinuer. Une fois, deux fois, trois fois. Puis il mord. À pleines dents, mon minuscule fruit rouge. Et je jouis encore en m'évanouissant.

Lorsque je reviens à moi, prime la sensation de quelque chose de large et dur qui va et vient sans ménagement dans mon cul. Il m'a écarté les jambes comme une girafe, penchée en avant, sa bite est contre ma jambe. Il se tient de trois-quarts et se branle sans vergogne contre ma cuisse. Il me maintient et me branle par-derrière, me caresse le clitoris avec le côté poilu de la main. Ça fait mal. C'est bon. Mais bon Dieu, qu'est-ce qu'il m'a mis dans le cul ? Je jouis en cascade en même temps que j'expulse un étui à lunettes de nage avec un bruit d'air à faire se damner une pieuvre et ses mille ventouses. Je suis là, pantelante, écartelée, flageolante. Ouverte. Il m'enfile alors. Par le cul. Et me le donne. Doucement. Doucement. Puis fort. L'orgasme de ma vie. Avec vue sur la mer. Il décharge avec un bruit qui vient des âges : plainte rauque, plaisir, douleur. Assouvissement. Et du sentiment. De l'émotion. De l'amour. On reste collés au mur. Pantelants, haletants, silencieux.

Je me retourne vers lui. Il me malaxe un sein. Puis l'autre.

Sa bouche charnue s'approche enfin. Prend ma lèvre supérieure. La lèche. L'avale. Puis sa langue. Enfin ! Fouille profond dans ma bouche. Me caresse de l'intérieur. Me viole et me rend à moi-même tout à la fois.

Ses yeux sont pleins de ce vide étrange qui suit les orgasmes sismiques.

La prochaine fois, c'est moi qui t'encule, Dieu du Stade.

On retrouve chacun ses membres. On les rajuste. On se quitte à reculons. Les yeux dans les yeux. Sans mot dire. Le bassin s'est vidé. J'ai bien nagé. En eaux troubles.

Je le regarde s'éloigner. Sans peur ni reproche. Félin. Nerveux quoique alangui. Harmonieux. Cette élégance animale si désirable – Brad Pitt dans *Fight Club*. Et tous les muscles encore bandés.

Exactement comme dans une toile de David Hockney, il plonge et ne laisse qu'une infime trace argentée sur la surface de l'eau, semblable à celle, si douce et sirupeuse, qui commence à sécher sur la partie intérieure et charnue de mon entrejambe.

LAURE CLERGERIE

LA CONCESSION À PERPÉTUITÉ

J'avais désappris les gestes de l'amour, laissant mon corps me fuir. Je le gavais de nourriture, emprisonnant mes désirs aux tréfonds de mes entrailles. Je n'en souffrais plus. J'avais fait le deuil de toute rencontre. La dernière remontait si loin que j'avais oublié ses émotions. Je n'avais jamais joui, si l'on se réfère aux écrivains et poètes prolixes en littérature érotique. Sempiternelles caresses où l'on tire les mamelons, sucés à l'occasion, la main dans la culotte et les vêtements froissés. Je serrais les dents jusqu'à ce qu'ils déchargeassent laborieusement. Suivait la question rituelle. J'acquiesçais d'un sourire, dans l'impatience qu'ils aient franchi le seuil.

Au plus profond de l'hiver, une pluie diluvienne s'abattit sur la ville. Des gens s'étaient réfugiés sous un abribus, faisant fi des conventions sociales. Une septuagénaire marmonnait à l'encontre d'un adolescent. Un homme s'appuyait contre le cul d'une femme parée de bijoux. Des jeunes échangeaient leurs adresses. Je pressais les fesses contre la vitre, afin de m'accoter. Je me retournai. Quelqu'un, depuis l'entrée d'un café, me fixait. Je tergiversai. Je me faufilai. Je courus jusqu'à l'établissement. Mes seins ballottèrent lamentablement. Mes cheveux furent trempés et mes chaussures en daim perdues.

Nous nous toisâmes. Il me saisit le bras. La chaleur de ses doigts irradia tous mes membres. Je fus fascinée. D'à peine vingt ans, il avait un regard smaragdin perçant. Son nez aquilin partageait un visage aux pommettes saillantes. Ses cheveux noirs bouclés évoquaient un angelot mâtiné de diable. Sa chemise blanche s'ouvrait sur un torse glabre mordoré. Il m'entraîna vers des ruelles pavées. J'étais gauche, juchée sur des talons trop hauts. Nous nous arrêtâmes sous l'enseigne sale d'un hôtel, dont la lumière clignotait par intermittences. Un couloir exigu conduisait à un employé classant du courrier derrière son comptoir. Il nous remit des clefs, non sans nous avoir dévisagés avec écœurement à travers ses lunettes à double foyer, masquant des cernes verdâtres.

Une délétère froidure me glaça les sens. Un lit aux barreaux écaillés trônait dans une chambre dépouillée. Une couverture orange aux franges dégarnies exhalait des relents de luxure. L'inconnu m'y poussa sans ménagement. Il m'enjoignit de me dévêtir, comme s'il répugnait à effleurer mon corps. Mes seins énormes, les plis de mon ventre et la graisse sur mes hanches me firent rougir. Je bénis l'obscurité. Je m'allongeai. Il écarta mes bras et mes cuisses. Il m'attacha les poignets et les chevilles aux montants du lit. Il me bâillonna. D'une armoire, il sortit un instrument. De plus près, je reconnus un fouet. Il me caressa avec les mèches. Soudain, il l'abattit violemment. Insensible à mes prières étouffées, il frappait de plus belle. Il m'agonit d'injures. Il redoubla d'ardeur à mes sanglots. Il repoussa les bourrelets de ma chair distendue et opaline pour me pénétrer. Je sentis à peine son sexe. Il se perdit dans mon con, noyé par la mouillure. Il en ressortit, par manque d'expérience. Il dut s'y reprendre, avant d'éjaculer. Il poussa un gémissement d'enfant. Sans mot dire, il me quitta. À chaque effort les liens me tailladaient la peau. Au travers des volets à claire-voie, un ciel sans la moindre étoile déversait sa poix. Étourdie, je dormis d'un sommeil douloureux, entremêlé de visions.

Des enfants se masturbaient dans des jardins, excités par un chien montant une femelle. Une femme se tranchait les veines qu'elle léchait avidement. Des hommes se sodomisaient. Je nageais dans l'Achéron, emportée par des courants de foutre et de mouillure, croisant des corps décharnés et rompus. Un coup porté contre la porte me réveilla. J'étais écumante, revenue de chez Hadès.

Une femme sans âge m'observait avec concupiscence. Elle possédait des mains difformes aux bagues proéminentes. Elle renifla mon con. Elle introduisit un doigt, examinant la glaire. Une langue serpentine sortit de ses lèvres pincées. Elle la darda sur mon clitoris. Je ne parvenais pas à me soustraire à ses assauts. Elle me léchait avec application, s'insinuant dans mon vagin et mon anus. Elle me pénétra de ses doigts. Une vague de contractions m'emporta. Je jouis trop vite.

Les jours passaient, à peine distincts des nuits.

J'avais perdu mon identité. Je n'étais plus qu'un corps, celui de la chambre treize. Astreinte au régime, je perdais du poids. Je retrouvais le maintien d'avant mes orgies culinaires. Je ressentais le manque. Ma bouche devenait pâteuse, accoutumée à certains aliments. L'avant des frustrations sexuelles se perdait dans des temps originels. Irréversiblement, j'acceptais ma nouvelle condition. À quoi songer, sinon à l'attente de qui viendrait abuser de moi avec mon consentement ?

Dans la pénombre, je m'efforçais de distinguer les visages. Des faces grasses et lourdes, des peaux sèches et scrofuleuses, des traits délicats de porcelaine revisitaient mon sommeil en une parade carnavalesque. J'épousais leurs corps dans l'illusion de me défaire de moi-même. Leurs mots se réduisaient à l'extrême. *Suce-moi, ouvre ton con, écarte les fesses.* Jamais je ne répondais. Mes gestes étaient automatiques. Je m'accoutumais à la douleur. Elle prouvait que j'étais encore en vie.

Une pensée me tourmentait, à savoir celle de l'élu, celui qui me ferait jouir à en mourir. Mes clients se moquaient de mon plaisir. D'aucuns au sexe mou m'en imputaient la faute. Ils me frappaient à toute volée.

Un homme âgé survint. Il conserva tous ses vêtements. Il me déshabilla avec une lenteur infinie. Il examina chaque partie de mon corps. Il s'attardait sur mon bas-ventre. Il souffla sur les poils. J'éprouvai de délicieux chatouillements. Il me lécha avec application après avoir écarté mes lèvres. Il me massa le clitoris avec dextérité. Il s'interrompait pour ramener de la glaire sur ce dernier, enfonçant sa langue au plus profond. Le plaisir augmentait progressivement. Je perdis peu à peu conscience. Tout convergeait vers mon con. Je criai. Un filet de salive coula de ma bouche, tandis que mes yeux pleuraient. Un roulis de spasmes déferla. Je ne bougeais plus, abandonnée sur une grève jusque-là inconnue. Et le vieux de me darder l'anus avant de décharger dans les draps. Je le secouai brutalement. Il était mort, les orbites révulsées. Il était si laid que j'en eus la nausée. Son corps décharné et son regard de dément me poursuivirent après qu'on l'eut emporté. Une odeur plomba la chambre, lourde de stupre et d'agonie.

Mon état se délitait inexorablement. Ma vie n'avait jamais eu le moindre sens. Changée en proie, j'avais l'espoir des désespérés. Ma fenêtre à meneaux évoquait les croix de l'église de mon enfance, où je priais, quémandant des colifichets. Depuis mon lit, je fixais ces montants jusqu'à l'obsession. Les couchers du soleil couvraient de sang ces barreaux réguliers en un suaire éphémère.

Mes plaisirs devenaient vulgaires à force de faux-semblants. Je m'accoutumais à la torpeur des relations expédiées. Je n'éprouvais aucune haine envers mes clients de fortune. Je les jugeais avec mansuétude. J'offrais mon corps en partage, en vue d'une hypothétique rédemption.

J'espérais un prêtre pour me sodomiser, me brûler avec des crucifix. Quant à la confession, il n'y avait personne qui pût m'entendre. J'avais perdu l'usage de la parole. J'étais superbe dans mon mutisme de sainte. L'emprise de mon corps me rendait possédée, préparée à l'extase.

Ma chambre, ouverte à quiconque, n'était qu'un lieu d'expiation. Le papier décollé, le lit en fer et le sommier grinçant confinaient au sordide. Les relents de sueur, de mouillure et de foutre auraient fait vomir plus d'une. Je me gorgeais de ces liqueurs organiques. Je me plaisais aux débauches qui m'aiguisaient les sens. Je faisais fi du monde extérieur aux échos désenchantés.

J'entendais l'écho des vagues à travers la fenêtre. Lors des orages, j'observais intensément la foudre. La pluie battait les vitres avec une violence telle qu'un peu d'eau coulait sur le parquet. Je regrettais de ne pas pouvoir sortir nue sous mon manteau, de ne pas sentir clapoter les flaques sous mes pas et de ne pas m'adosser à un arbre. J'aurais hurlé ma douleur d'exister.

Des hommes m'auraient violée sur le sol détrempé. Ils m'auraient attachée à un chêne. J'aurais pleuré de délice et d'effroi. J'aurais ôté mes liens trop lâches. Je me serais égarée dans la forêt. Un étang, nimbé de brume, s'offrirait à moi. Je passerais à travers des roseaux. Un corps d'adolescente girait, du sang entre les cuisses. Les membres brisés, elle figurerait une poupée désarticulée. Un essaim de mouches virevolterait sur le pubis. L'assassin l'aurait étranglée. Je caresserais ses seins à peine naissants et ses cheveux blonds emmêlés. Je rentrerais précautionneusement dans l'eau. Un serpent la troublerait avant de s'enfuir vers une berge. La vase remonterait à la surface.

Je reviendrais auprès du cadavre. Je relèverais ses paupières. Je lécherais ses orbites humides. Je saisirais sa main pour m'exciter le clitoris. Je me ferais mal à cause de ses longs ongles au vernis pourpre. Je la frapperais du plus fort que je pusse. La chair amollie esquiverait mes coups. J'arracherais ses derniers vêtements pour m'essuyer. Je traînerais son corps dans l'eau. Il sombrerait rapidement. Le soleil voilé crèverait les nuages en un halo aveuglant, puis disparaîtrait. Un silence funèbre me pétrifierait. Les rumeurs de la forêt tarderaient à se manifester. Je me ressaisirais alors qu'une nuée de corneilles croassant me survolerait.

Bientôt, les visites s'accélérèrent. Des sexes à peine palpés dégouttaient dans mes orifices. Leurs trop-pleins m'empoisonnaient inexorablement. J'étais perdue. Tonneau des Danaïdes, je continuais de me prêter au jeu avec avidité. Le désir me déchirait les entrailles. L'on m'eût délivrée que je ne fusse point partie.

Mon dernier client portait un masque de tragédie grecque. Deux minuscules trous laissaient passer un regard ténébreux. L'ouverture sur la bouche permettait de distinguer deux rangées de dents régulières. Des cheveux épais et une barbe abondante achevaient le visage aux traits des plus classiques. Son corps nu présentait une toison abondante sur le torse, les épaules, le dos et les jambes.

Il dansait. Ses mouvements étaient saccadés. Il me semblait que la physionomie du masque changeait aux lueurs des persiennes. Trop faible, je ne pus l'accompagner dans sa danse macabre. Il se masturba consciencieusement. Il me macula avec le foutre. Il sortit un couteau de son chiton. Il se taillada. Sa poitrine ruisselait de sang. Il me tendit l'arme, désignant son sexe. Je tranchai le vit, puis les testicules. Il s'effondra sur le sol en des convulsions terribles. Il râla avant de s'immobiliser.

J'ôtais le masque. Je découvris une face dévorée par le feu. Les cartilages du nez avaient fondu. Les paupières étaient informes. Les lèvres ne se distinguaient plus de la peau. J'attrapai les parties. Encore chaudes, je les pétris avec ardeur, jusqu'à ce qu'elles fussent méconnaissables.

D'autres hommes viendraient, mais je serais morte, faute d'en avoir aimé aucun. La voie était directe, d'ici-bas à l'Enfer, prise au piège d'une concession à perpétuité.

ESTELLE

CHAMPAGNE

Il m'arrive quelquefois de me coucher plus tôt que d'habitude pour profiter pleinement de ce moment où le sommeil gagne petit à petit sur la réalité et où le désir s'épanouit dans un pays d'emblée conquis, celui de l'imaginaire. Ce soir, je me sais toute disposée à prendre le parti du rêve.

La caresse de l'eau éveille mes sens ; je suis dans le même esprit que si je m'apprêtais à accueillir un de mes amants ! Le savon, dont la rondeur s'adapte si bien aux courbes de mon corps, est, ce soir, complice de mes attouchements. De la mousse de savon sur les mains, je joue avec mes seins, mes hanches, mes fesses ; petits picotements savamment dosés, mais très vite adoucis par l'eau tiède. Délibérément, et ceci pour goûter à une frustration toute symbolique, je me refuse à laisser mes mains s'ap-

proprier la naissance de ma vulve. Je prends le soin de me
sécher et, avec une huile pour le corps, je me masse plus
que de raison. Je rejoins mon antre secrète et me glisse
sous les draps avec la ferme intention de me faire jouir ; je
laisse mon esprit frôler les sphères du fantasme, les yeux
fermés, les mains vagabondes. Je suis prête au voyage !

Une voiture franchit la grille d'un parc embelli par une
rangée d'arbres aux couleurs d'automne dont les feuilles
clairsemées laissent entrevoir une auberge au toit de
chaume. Un couple se trouve dans le cabriolet. Qui sont-
ils ? Un mari offrant un week-end romantique à sa femme
pour fêter leurs dix ans de vie commune ou un couple illé-
gitime en quête d'un week-end de plaisirs et de liberti-
nage ? L'homme est prévenant, il ouvre la portière à la
jeune femme et porte les bagages ; c'est sûr, ils sont
amants ! Un garçon d'étage, à qui l'homme vient de glisser deux mots discrètement, se charge de monter les
bagages dans leur chambre ; l'homme propose alors à la
jeune femme de prendre un verre dans un des salons, pour
oublier la fatigue du voyage, mais surtout pour profiter de
leurs premiers moments de liberté. L'endroit est charmant, l'aspect rustique de l'espace et le feu de cheminée
invitent à ce genre d'exercice. Un silence de connivence
s'installe entre les deux amants et seul un échange de sourires et de tendres regards agrémente leur tête-à-tête.

L'homme regarde sa montre et suggère à la jeune
femme d'aller se préparer pour dîner.

— Tu verras, il y a un paquet sur le lit, il est pour toi.

La jeune femme, curieuse et sensible à l'attention de
son amant, ne rechigne pas. Tout en prenant congé, elle
sourit et se laisse aller à de lubriques conjectures.

– Rejoins-moi au bar quand tu es prête ! lui lance-t-il.

Elle ouvre le paquet qu'elle aperçoit sur le lit et découvre une splendide robe en satin argenté ; elle s'étonne du choix de son amant ; ils sont à la campagne, elle prévoyait une toute autre tenue ! Elle sourit, réceptive à ce sous-entendu ; elle n'hésite pas à assumer ce rôle de femme fatale et se pare de bas de soie et d'escarpins à talons hauts. La fluidité du tissu fait son plus bel effet et s'harmonise avec sa totale nudité.

Elle se décide enfin à rejoindre son ami au bar qui, l'apercevant, vient immédiatement à sa rencontre, l'air plutôt satisfait.

– Tu es très séduisante, lui souffle-t-il en lui prenant la taille. Il y en a beaucoup qui vont penser à toi en honorant ce soir leur tendre épouse !

Ils se dirigent vers le restaurant et le chef de rang les accueille d'un sourire rigide pour les accompagner, solennellement, au fond de la salle.

Avec une réceptivité accrue, mon corps succombe à l'appel de caresses de plus en plus suggestives. Mon bas-ventre se tend et des petits frissons réveillent ma sensibilité depuis longtemps à l'écoute de mon émoi. J'extrapole et ressens le regard de tous ces gens, installés à leurs tables respectives, et surpris de voir passer devant eux une telle jeune femme. Certains murmurent, d'autres la fixent, mais personne n'est indifférent ; ma main finit sa course sur mon bouton rosi d'émotions.

Ils savourent la réaction de quelques couples. Les maris ne peuvent s'empêcher de la déshabiller du regard, leurs femmes s'efforçant de dissimuler leur contrariété par une totale indifférence.

S'amusant l'un et l'autre des œillades furtives des convives, la jeune femme jette immédiatement son dévolu sur le serveur qui leur est attribué. Il est jeune et sa réserve l'excite d'autant qu'il est sans doute le seul, dans l'assistance, à être susceptible de s'unir à leur jeu !

Son amant prend les choses en main.

— Voulez-vous vous occuper de Madame, elle est indécise et beaucoup de choses la tentent ? lance-t-il au garçon quand il passe prendre leur commande.

— Mais certainement, Monsieur ! Je peux vous faire quelques suggestions mais avant tout, avez-vous des préférences ?

— J'adore les surprises, susurre-t-elle d'un air ingénu. Choisissez pour moi, je suis certaine que j'apprécierai !

Le serveur prend note de la commande et s'efface, non sans jeter un charmant sourire à la jeune femme.

Intensité !

Au fur et à mesure que j'échafaude la scène, mon esprit lubrique s'accorde idéalement à cette situation. À cet instant précis, je n'ai de cesse de réfréner cette terrible envie de jouir qui me tenaille ; je veux me préserver d'un égarement trop furtif et profiter de mon imaginaire pour explorer tous les mystères érogènes de mon corps.

En fin de dîner, les deux amoureux s'accordent pour provoquer un retournement de situation. Une simple exhibition ne leur suffit plus !

— À toi de jouer ! conclut-il. Il est temps que tu passes à l'acte !

Sans un mot, la jeune femme se lève et se dirige vers le couloir qui mène aux cuisines. Le va-et-vient des chariots, malgré l'heure tardive, la fait hésiter. Que pourrait-elle bien inventer pour attirer de nouveau le serveur ? Quelques minutes d'une attente malaisée et le voilà qui sort de la cuisine. Les mains embarrassées d'un chariot lourdement chargé, il ne peut s'empêcher de jeter un regard circulaire autour de lui dès qu'il l'aperçoit. « Mais que me veut-elle, se dit-il, je suis en service ! »

La jeune femme se détend soudain. Elle se dirige doucement vers lui en déviant délibérément sa trajectoire au moment où le chariot passe près d'elle. Le chariot heurte le haut de sa cuisse ; elle pousse un petit cri de douleur. Vraiment ce jeu lui plaît ! Elle vient de gagner l'attention du jeune homme ! Elle feint une forte douleur et le serveur lui propose son bras.

— Je dois m'asseoir, gémit-elle en désignant une des chaises installées le long du corridor.

— Vous avez sans doute un muscle froissé, conclut-il en posant la main sur son genou, joliment mis en évidence par la fente de sa robe.

— C'est un peu plus haut, dit-elle, répondant à son mouvement ; il semble circonspect face à cet imprévu et indécis à l'approche de ses collègues qui les regardent à la dérobée.

— Ne vous inquiétez pas, je vais mieux ! Je vais pouvoir rejoindre ma table. Je comprends que vous deviez reprendre votre service !

Il se redresse aussitôt, comme pour approuver la remarque de la jeune femme. Il se surprend pourtant à ajouter :

— À tout à l'heure !

La jeune femme rejoint aussitôt son amant, toujours installé à leur table. Elle lui raconte par le menu les détails de leur entrevue avec une vive excitation dans la voix. La remarque de ce jeune garçon n'est-elle pas une provocation ?

L'amant suggère alors à sa maîtresse de monter seule dans la chambre et de l'attendre dans une position provocante ; elle se plie avec entrain à son caprice et s'exécute. Elle passe de nouveau parmi les tables dont certaines sont encore occupées et ne se prive pas d'une démarche lascive. Elle se garde bien de se retourner, s'amusant à penser que tous les regards convergent vers les rondeurs de ses fesses à peine voilées.

Elle pousse la porte de la chambre et son regard se porte immédiatement sur les cuissardes et les gants noirs, posés sur l'un des fauteuils. Elle s'affranchit de cette nouvelle gageure, puis se met à quatre pattes sur le lit, dos à la porte, la croupe cambrée, les cuisses largement ouvertes, offerte et provocante.

Les minutes s'égrènent, son excitation s'émoustille ; cette situation lui fait même oublier ses prétentions à l'égard du serveur ! Elle est si comblée par son amant ! Elle se sent prête à subir ses assauts. Son esprit est à l'écoute, ses sens sont entraînés dans une dérive rassurante : la venue de son amant est imminente !

Je n'en peux plus de me frustrer ainsi ; j'ai envie de me faire prendre sur-le-champ, de sentir une bite chaude, brûlante d'impatience, me labourer le cul. Je me mets à quatre pattes et m'insinue dans la peau de cette jeune femme. Je transcende ! Je reluque avec impertinence la forme insolente du godemiché que j'ai tout à l'heure préparé méthodiquement ; je tiens et me retiens en repoussant consciencieusement l'échéance d'une jouissance fré-

nétique ; je me refuse pour l'instant à tout déferlement charnel ; faire durer ce plaisir qui m'étreint et laisser libre cours à mon imagination débordante, tel est mon intime désir !

La jeune femme entend enfin la porte s'ouvrir et une voix annoncer :

– Champagne !

Surprise, elle se retourne pour faire face à la réalité : le serveur est bel et bien dans sa chambre ! Au risque de rompre le charme troublant de cette situation inespérée, elle préfère se taire et reprend sa position. Le garçon s'approche et dépose une coupe de champagne à ses côtés. Imperturbable, elle se relève pour défaire doucement de ses mains gantées de noir la boucle de sa ceinture ; elle déboutonne délicatement son pantalon et se complaît à s'approprier l'intensité de cet effeuillage ; elle spécule ! Elle sait qu'il est prêt à lui offrir le plus beau des présents, mystifié par cette ostensible courbe charnue qu'elle apprivoise et façonne. Un sexe honorable rejoint bientôt, dans un mouvement harmonieux, l'écrin de sa bouche pulpeuse ; ses doigts longs et fins accompagnent cette initiative effrontée. Elle modèle de sa langue les contours de cet éperon de chair et, comme un fruit rare qu'elle savoure avec délectation, elle s'en repaît avec une évidente gourmandise.

J'imagine ma bouche se tendre vers cette arrogance masculine qui s'épanouit dans ce rêve éveillé.

Je déglutis. Mes papilles s'émerveillent, ma langue frémit, comme si je me préparais à un assaut tangible. Et quel assaut ! Ma frustration volontaire amplifie mon

71

appétence et idéalise l'objet de ma convoitise. Diane chasseresse, je suis prête à fondre sur ma proie et à n'en faire qu'une bouchée !

Je ferme les yeux pour calmer cette délicieuse dérive et rejoindre la complice de mes frasques virtuelles.

— Tu ne perds pas de temps, petite cochonne ! lui lance son amant sans interrompre cette charmante conversation.

En guise de réponse, la jeune femme se cambre davantage en écartant les cuisses, lui offrant ainsi l'expression charnelle de son désir ; provocation aussitôt relevée par son amant qui la pénètre jusqu'à la garde, lui faisant l'hommage d'un assaut viril et puissant. Stimulés par la présence du jeune homme, les deux amants se retrouvent dans une telle fébrilité qu'ils se laissent surprendre par l'intensité de leur propre jouissance. Leur ardeur fécondée par l'indécence de ce jeu pervers, se métamorphose en une délivrance inattendue. Sensations physiques extrêmes relayées par une multitude d'impressions émanant de leur égarement cérébral et sans concession.

Sans doute inspiré par tant de profusion, le jeune homme se retire pour se répandre dans la coupe de champagne à demi pleine.

— Vous devez avoir soif, maintenant, dit-il.

La jeune femme ne peut s'empêcher de regarder son amant, surprise par la perversité de cet homme qu'elle ne connaît que depuis quelques heures. Comment ne pas succomber à cette incitation perverse ?

— Le cocktail de Madame est servi, insiste-t-il alors que son amant se retire pour lui laisser tout le loisir de déguster ce breuvage hautement emblématique.

Elle prend le verre dans lequel le sperme reste en

suspension, comme s'il attendait son assentiment pour s'épanouir dans le calice ! Un coup de langue approbateur et la voilà qui se délecte tout autant de cette mixture que de l'imagerie qui l'accompagne incidemment.

Je m'enflamme de ces folies qui me collent à la peau. Je me sens chienne et sauvage à la fois. Mes mains se font inquisitrices ; insensiblement, mon anus s'ouvre au plaisir de se faire pénétrer. Mes doigts humides se font sexe, mon clitoris se tend et se fige dans un dernier espoir. J'attrape le godemiché et l'investis avec toute la conviction de mon envie ; je sens l'olisbos m'envahir progressivement et, d'un regard envieux, je m'enivre de cette longueur qu'il me reste à conquérir. Le rythme de ma respiration semble se fondre avec celui de mon bassin. Je ne veux plus me retenir. Je l'enfonce jusqu'à la garde puis le retire lentement jusqu'à son extrémité, afin le sentir à nouveau, encore plus profondément. D'une contraction puissante, je rejette le godemiché, associant ce brusque geste à l'image d'un sexe sur le point de fondre de plaisir. Je lèche le bout de ce gland brillant de cyprine et frotte mon clitoris avec de judicieuses pressions ; la jouissance au bord des lèvres, je m'épanouis dans un plaisir excessif comme pour préparer mon ultime orgasme. Une vague brûlante de sensations diffuses envahit mon ventre et me libère de toute cette tension en un gémissement puissant.

J'ai oublié la jeune femme qui, sans doute, m'attendra, une prochaine fois, dans les mêmes dispositions. Je me complais dans cette sensation de volupté inouïe, petit nuage vaporeux qui s'estompe dans les nuées mystérieuses de la jouissance féminine. Je caresse le haut de mes cuisses et recueille de mes doigts ce suc si familier, comme pour m'assurer que tout ceci n'est pas un rêve !

ÉLIZABETH HERRGOTT

RESSUSCITÉE

*Il y a encore très peu de temps, les hommes préten-
daient que les femmes n'avaient pas de fantasmes, ou
tout au moins que c'était eux qui les leur soufflaient.*

« R essuscitée » sera mon futur prénom, je
m'appelle aujourd'hui Victoire.

La mort n'est pas éternelle, pour moi en tout cas, car
j'ai confié mon corps à mon aimé. Il est médecin, cher-
cheur de surcroît, et très intelligent. Je serai sous sur-
veillance vingt-quatre heures sur vingt-quatre, dans son
congélateur de choc. Pas un congélateur ordinaire, bien
entendu. Il veillera sur mon corps magnifique jusqu'à ce
que je ressuscite, me regardant souvent pour prendre son
pied car ma cage est en verre, comme celle de la Soubirou
à Nevers.

Rassurez-vous, je suis encore bien vivante.
Trépassée, je serai seulement comme la marmotte, j'hi-
bernerai parce qu'il fera froid, très froid, - 50° C
comme au Canada. Je pourrais être la voisine d'un che-
vreuil ou d'un sanglier tué par mon maître, mais il me

respecte tellement, au point, je le sais, de ne penser qu'à moi, alors le congélateur pour volailles ne sera pas celui-là. Je régnerai seule sur le mien en toute quiétude, car mon maître pensera sans cesse à ma place, il pensera aux désagréments que je pourrais avoir pendant mon séjour et me surveillera avec l'attention du spécialiste qui m'a proposé cette cure, à moi, sa première cliente. Il me l'a présentée comme une cure de sommeil prolongée et je l'ai acceptée. J'ai préféré cela au cercueil ; pourtant, le mien est italien, XIXe siècle, incrusté de roses sur bois d'acajou.

Théophraste m'a certifié que c'était une expérience parfaitement scientifique et que je pouvais compter sur lui, sur sa diligence pour me raviver, car ses études, il les poursuit chaque jour, un approfondissement de tous les instants. Théophraste est en rapport avec les chercheurs des plus grandes nations, les États-Unis lui ont fait des propositions, mais il a refusé, il faudra qu'il me garde, et il faut qu'il progresse pour moi. Il se moque bien de l'argent, de la gloire ; ce qu'il veut, c'est me retrouver au plus vite dès que j'aurai rendu l'âme, avec mon dynamisme d'antan, avec ma beauté et mon charme dont il est si fier. Alors...

Notre château date du Moyen Âge et notre congélateur se trouve dans une crypte. Vous allez dire que ce mot est morbide, je le trouve au contraire joli et rassurant. On se sent tout de suite chez soi, protégé et aimé des dieux, dans ce lieu sacro-saint.

La nouvelle théorie de mon aimé est beaucoup plus efficace que la théorie des embaumeurs de momies, car les momies sont magnifiquement conservées, mais elles ne se réveilleront pas, pas plus que la Soubirou dans sa châsse, au masque éternellement lisse.

Je souhaite mourir encore belle, encore fraîche, avec l'œil vif et le sourire aigu. C'est important, car telle je serai en mourant, telle je ressusciterai.

La lutte de Théophraste contre la mort, cela grâce au froid, est un exploit.

Théophraste refuse toute publicité, il pourrait être cependant mis au rang des grands savants de notre ère, mais s'il devenait aussi célèbre, comment pourrait-il s'occuper de moi seule, selon notre convention ?

Évidemment cette découverte, la sienne (les Américains avaient commencé avec la cryogénisation), nous évoque forcément « le surgelé ». Ce mot-là, je le conçois, n'est pas très plaisant ; en cherchant bien, j'en trouverai un autre.

Mais je vais vous dire, je n'ai rien à perdre, et je préfère être glaçon *ad aeternam* plutôt que poussière envolée ou proie des gros vers dégoûtants.

Je remercie mon aimé de vouloir expérimenter avec moi et sans hésitation sa propre théorie, afin que je lui revienne au plus vite, sans doute les lèvres bleuies, le teint livide, les cils durcis, les cheveux (je n'en ai plus, depuis longtemps, mon crâne est glabre par choix), mais le cœur battant...

C'est son but à mon chéri, et il l'atteindra.

J'ai la foi ; la foi et le froid vont ensemble, il fait toujours si froid dans les cathédrales...

Mon cerveau protégé par la glace pourra peut-être émettre encore des messages d'amour qui le feront jouir. Il se masturbera devant ma cage de verre sur notre sofa, il éjaculera, je serai si contente...

En effet, qui ne serait pas pris de vertige devant une telle découverte ? Je me rappelle la première fois qu'il m'en a parlé, j'ai pâli, mais l'expression de ses yeux était si persuasive que je n'ai pas eu le moindre doute concernant sa réussite.

Moi qui aurais voulu être un vampire afin d'avoir une vie éternelle même dans l'errance, vous comprendrez pourquoi j'ai accepté sans sourciller.

Je suis une femme moderne, et une femme moderne doit être capable de voir plus loin que le bout de ses seins, en l'occurrence sa résurrection !

Encore boire du champagne au réveil, fumer un Monte-Cristo, se lever de bonne heure et écrire quelques pages pour raconter mon expérience étonnante à tout le monde, tous les éditeurs vont se précipiter ; courir de nouveau dans la rosée, pieds nus avec mes chiens, quelle merveille ! Et puis faire l'amour avec mon aimé dans la crypte, dans l'après-coup !...

Toutefois, si mes chiens venaient à disparaître, nous sommes convenus avec mon maître d'une place pour chacun, à mes côtés, Palatine à droite, et Ignace à gauche. Mon aimé a fait des plans minutieux pour que cette installation soit confortable pour eux comme pour moi. J'avais un mois pour réfléchir en toute âme et conscience et donner ma réponse. Il ne voulait pas me brusquer, il ne voulait surtout pas me forcer à accepter. Il voulait un vrai consentement et toute ma confiance. Il les a. Ces moments de décision furent des moments très forts entre nous, des moments d'amour fou. J'ai dû surmonter quelques émotions car je n'avais pas envie de penser à la mort puisque je suis vivante. J'ai oublié cette sinistre image pour donner mon accord. J'ai donné à mon aimé ma vie à mort. Que pourrais-je lui donner de plus ?

Je suis convaincue que mon aimé est un prototype, peut-être un maître des destinées humaines... Il m'a prise dans ses bras, il a saisi le contrat obsèques et s'est enfui. Je savais qu'il allait à son coffre enfermer le précieux talisman qui lui donnerait après ma mort la possibilité de me redonner la vie et celle aussi de ne pas interrompre notre amour.

Il est revenu, nous sommes allés dans le parc sur la tombe de l'un de ses ancêtres, il faisait un beau soleil d'automne, je portais une robe T-shirt noire, rien dessous. Il s'est déshabillé. Lorsqu'il fut nu comme un vers, il m'a retiré ma robe et nous avons baisé sous ce soleil d'automne, nos cris, des cris d'oiseaux sans mots, des borborygmes, sa queue me transperçait tel un glaive. Avait-il envie que je meure afin de commencer de suite son expérience ? Cette idée m'ayant traversée, j'ai pris peur et je l'ai repoussé. Ses yeux comme des vrilles me sculptaient, ils m'arrachaient mon âme, me possédant plus encore qu'avec sa bite, et je fus effrayée.

Recule, tu me fais peur, j'ai l'impression que tu veux m'anéantir avant l'heure fatale. Je me suis enfuie, puis je suis revenue me pendre à ton cou.

Pardonne-moi, mon aimé, tu sais bien que j'ai peur de la mort mais, c'est promis, ma mort et mon cadavre, tu les auras sur les bras, je sais que c'est pour toi un cadeau inestimable.

Je me garde bien d'en parler à nos amis, car en France tout ce qui est nouveau déconcerte. Je préfère garder notre secret d'amour, cet attendrissement que nous éprouvons l'un pour l'autre quand nous parlons d'après-moi.

Je te remercie, mon aimé, d'avoir eu cette idée de génie, car nous allons désormais dormir dans la crypte près de ma cage de verre, nous ferons l'amour et le sofa comme une scène gardera l'empreinte de mon corps que tu retrouveras ensuite.

J'aime parfumer ma couche et je suis sûre que tu ne manqueras pas de le faire à ton tour. Tous mes parfums sont dans ma chambre, sur ma commode en bois de rose : *Nahéma* de Guerlain, *Miss Dior*, *Calèche* d'Hermès, et *Cuir de Russie* de Chanel.

Il t'arrive souvent de me parfumer aux endroits chauds qui émanent dans le creux poplité, dans le creux axillaire, dans le creux inguinal, entre les deux seins, et bien sûr dans la raie.

Parfois tu regrettes que mon sexe soit aussi dénudé que mon crâne, mais d'un autre côté, tu trouves que ma touffe cache mes jolies lèvres avec son dégradé de rose à l'infini.

J'ai trouvé aussi que c'était bien d'avoir fait descendre ton piano à queue dans la crypte afin de jouer là pour moi seule, des heures durant.

Désormais, je le sais, notre vie est en bas, dans la pénombre, parfois j'en frissonne, je frémis, regrettant le ciel, le soleil, la nature.

Femme stupide, me dis-tu, pense aux vers qui dévoreront, qui rongeront avec une horrible patience un morceau de toi-même ! Je veux t'apprivoiser en bas.

En réalité je suis une femme heureuse qui sera adulée, aimée par-delà la vie et la mort. Et il est merveilleux de t'écouter jouer Chopin ou Brahms dans nos ténèbres et d'entendre résonner l'écho de nos voix.

Avant le déjeuner, j'ai agité la cloche pour t'avertir que le repas était prêt, car tu ne peux plus quitter notre univers abyssal.

Tu es tellement pris dans tes pensées surprenantes que je n'ose parfois t'en distraire, c'est pourquoi je t'écris, je veux que tu connaisses ma pensée profonde et ma réflexion, tu trouveras ce courrier sur ton bureau à ton retour.

Ne t'inquiète pas si j'ai besoin de m'absenter.

Tu sais bien que lorsque l'on meurt, l'âme s'en va, mais si l'on ressuscite, elle revient ! La mienne pour l'instant s'en va voguer en solitaire, corps compris...

Merci en tout cas de m'avoir fait comprendre par tes recherches infernales que la vie n'a pas de prix et que je serai éternelle...

Cependant je m'interroge. N'aurais-tu pas signé un pacte avec le diable ? Parce que depuis quelque temps, tu ressembles à un croque-mort. Chandail noir sévère, chemise noire, pantalon noir, et ton visage s'est aminci, ton corps se crispe comme tes traits et lorsque je te parle, tu ne m'entends pas. Mon langage serait-il devenu incompréhensible ?

J'ai l'impression que tu t'éloignes de moi afin de mieux me protéger et me servir plus tard !

Tu hoches la tête comme si tu n'étais déjà plus de ce monde, cependant c'est moi qui suis destinée à mourir.

Théophraste, sache que je suis encore en vie et que je n'ai pas l'intention de basculer de l'autre côté avant l'heure pour rendre ton expérience rapidement concrète. Le temps tressaute, n'a plus de sens pour toi, tu me guettes comme une proie, comme un futur cadavre satisfaisant.

Tes rêves ne sont plus lubriques, ce sont des rêves macabres. Ma vulve rose et lisse que tu palpais avec tant de soin n'est plus sollicitée ; vivante, je n'existe plus.

Tu ne décharges désormais qu'en regardant ma cage... Bon vent !

Isabelle Deschamps de Paillette

Échange de petites culottes

Jean-Philippe claqua la porte d'entrée de son petit deux pièces de célibataire et se dirigea vers la cuisine. La cafetière électrique laissait échapper une odeur exquise qui lui mit l'eau à la bouche. Il jeta sur la table Ikea en Formica gris le paquet de croissants chauds qui lui graissait les doigts et le courrier. Il sortit un bol de faïence au fond duquel un coq à la crête vermillon, dressé sur ses ergots, semblait dominer le monde. Avec beaucoup de précaution, il versa le café. Le coq disparut, noyé. Son œil rapide ratissa la table, seul manquait le pot de gelée de mangue. Tout était maintenant en ordre pour un petit déjeuner parfait. Jean-Philippe s'installa, satisfait, face à la fenêtre et trempa le bout du croissant grillé dans le mélange de décaféiné et de moka. Après deux ou trois gorgées, il procéda à l'ouverture du courrier qu'il commença à trier avec méthode : les publicités, les factures et les lettres.

Cette précision dans le moindre de ces gestes était sans doute un trait de caractère qu'il avait hérité de son vieux, comme il l'appelait.

Jean-Philippe n'entretenait pas de bons rapports avec ce père, militaire de carrière. Enlevé à sa mère quand il avait trois ans, il gardait de son enfance une mémoire floue. Ses parents s'étaient aimés dans une contrée lointaine, là où le vent transportait dans ses voiles les mélanges d'épices et d'agrumes, là où les femmes avaient les seins juteux, et puis, un matin, l'enfant s'était réveillé dans la grisaille d'une ville puante, bercé non plus par des bras tendres mais par des mains poilues et brutales. Les comptines ensoleillées avaient pris le timbre d'ordres cinglants brisant son cœur meurtri par ce sevrage inhumain. « Devenir un homme », telle était la mission stupide que lui enjoignait la voix paternelle.

Jean-Philippe avait aujourd'hui vingt-huit ans, sa mère était morte de chagrin, sans doute, et lui, qu'était-il ? Un jeune homme époustouflant de beauté qui aimait les femmes, celles qui ressemblaient à sa mère, qui aimaient les hommes, ceux qui possédaient, comme un don, cette fragilité très particulière à l'enfance broyée.

Une enveloppe blanche attira son attention. Il la décacheta, décollant sans la déchirer le rabat. Une feuille blanche, format A4, était noircie à l'ordinateur d'une police singulière. Jean-Philippe lut :

CECI EST UN ÉCHANGE DE PETITES CULOTTES !!!

UN QUOI ??? Oui, un échange de petites culottes...

Achète une jolie petite culotte. Une seule. Et expédie-la à la première personne mentionné (e) ci-dessous en respectant sa taille.

Envoie aussi une copie de ce message à six ami(e)s.
Dans ces messages ne figureront que ton nom et le mien.

Avance mon nom en première position et écris le tien en second. Le nom de la personne à qui tu envoies une culotte ne figurera plus sur la liste.

N'oublie pas de mentionner la taille de la culotte !!!

Ce n'est pas une chaîne qui promet la fortune : c'est juste pour rire. Une petite culotte est facile à envoyer sous enveloppe (cartonnée).

Tu recevras trente-six petites culottes ! Ce sera charmant de voir d'où elles viennent et quels modèles auront été choisis... (toi seul (e) connaîtra leur destinée !!!).

Si personne ne triche, il est IMPOSSIBLE de ne rien recevoir.

Nous avons toujours besoin de nouvelles petites culottes...

Eh oui ! 36 petites culottes pour le prix d'une, c'est une affaire et l'assurance de ne pas rester le cul nu !!!

ATTENTION !!! Si tu ne veux pas poursuivre cette chaîne, alors tu seras privé (e) de toute jouissance, l'amour te fuira, l'impuissance te guettera, tu seras responsable de la non-reproduction de l'espèce et ton nom à tout jamais sera banni !

Suivaient deux noms de jeunes femmes et deux adresses que Jean-Philippe ne connaissait pas.

Mais qui avait bien pu lui envoyer une connerie pareille ? Il retourna l'enveloppe et examina l'écriture. Rien dans la calligraphie des signes ne lui permettait de deviner l'identité du corbeau. A priori, il aurait volontiers penché pour une écriture féminine. Les O et A étaient renflés, signe de narcissisme, mais il fallait se rendre à l'évidence, les individus du sexe masculin qu'il avait l'habitude de fréquenter pouvaient présenter les mêmes symptômes que les filles et le narcissisme était très à la mode dans les dernières théories psychanalytiques ! Si le fond de la lettre ne lui déplaisait pas, la menace de devenir impuissant et ce qui l'accompagnait, dérangeaient son esprit plutôt cartésien. Jean-Philippe posa la lettre près du bol et entama un second croissant. Son regard noir s'assombrit, puis s'illumina du feu qui donnait à celui de sa mère un air de légèreté éternel.

Sophie, ce devait être Sophie ! La fille était une cinglée de sous-vêtements.

Grande, brune, un corps de liane, des hanches très haut perchées, un cul rond et musclé, des seins trop généreux pour être vrais, qui avaient invité le jeune homme au naufrage.

Jean-Philippe n'avait pas oublié cette nuit dans la chambre du petit bordel de Lyon. Sophie, il l'avait ramassée dans un bar après une violente dispute au téléphone avec son « ex » du moment, un petit architecte italien, précieux et cabochard. Une histoire sans intérêt qui lui avait infligé une égratignure supplémentaire. Alors, pour passer vite à autre chose, il avait « été aux putes » ; comme disait le paternel : « Ça fait du bien, les putes, c'est généreux et tu sais combien ca te coûte...»

Et il était tombé sur cette fille, gentille, un peu flippée mais gentille. Ils avaient baisé toute la nuit, pour 2 000 balles, alors pensez qu'il ne l'avait pas oubliée ! Toute la nuit, son corps avait défoncé la chatte et le petit cul rond de Sophie. Entre deux chevauchées, la pouliche à la crinière permanentée, sentant bon le miel, allait changer de culotte ! Un festival de dentelle pourpre, fuchsia, de paillettes sur fond moiré, d'étoiles filantes sur nuit bleu sombre, de fleurs rouges turgescentes, un ballet de jaunes, de verts, de fauves, de saumon, d'indigo... Jean-Philippe faisait claquer les élastiques sur les fesses ondoyantes. « Tac-tac ! » Jouissif ! C'était purement jouissif, ce petit claquement sur la peau qui rougissait. Un cul honteux à la fin ! Jean-Philippe enroulait le tissu autour de son index, Sophie participait, écartant sa fente avec générosité. Son sexe plein d'amertume fouillait avec frénésie la béance sans appartenance. Sophie gloussait, se cambrait, se cabrait, se redressait sur le pic rigide. Jean-Philippe sentait la soie humide lui chatouiller les couilles.

De la soie ! Pas étonnant qu'elle soit aussi chère, la sauvage, toutes ses passes devaient partir en culottes et pas des « Petit-Bateau » à cinquante francs !

Technique dans sa façon de faire, la pute aux fesses couvertes apprivoisait le plaisir. Ses reins souples et solides battaient la cadence. Jean-Philippe laissait faire jusqu'au moment où, débordé par la tension qui lui battait les tempes, il éjaculait, solitaire dans la jouissance.

Elle avait dû recopier son nom et son adresse sur le chèque, car bien sûr il n'avait pas assez de liquide sur lui et il lui avait négocié un chèque.

Mais Sophie ne l'aurait jamais menacé d'être responsable de l'extinction de l'humanité, elle était beaucoup trop gentille pour cela. Quant à l'impuissance ! Impossible, c'est elle qui avait capitulé, exsangue, en sueur, les seins figés de fatigue...

Jean-Philippe se resservit un bol de café, une fois de plus le coq fut noyé.

Il relut la lettre, où TRENTE-SIX PETITES CULOTTES étaient mentionnées.

À moins que ce ne soit un tour de Laurent ! Oui, à la réflexion, cela lui ressemblait bien. Laurent était une connaissance du « Banana », cette boîte des Halles où les garçons amateurs de queues se soulèvent. Laurent était aigri, de nature. Une espèce de petite salope à la verge si fine qu'on avait peur de la briser si on la masturbait trop fort ! Laurent était fragile de partout. Son corps fin se pliait dans une révérence ridicule pour qu'on l'encule, alors peut-être qu'il en avait marre, Laurent, et que pour une fois c'est lui qui voulait se livrer à l'exercice. Du bout du doigt, Jean-Philippe essuya une miette de croissant restée collée au coin des lèvres. Il pensa à Laurent. Il savait que le jeune garçon était très amoureux mais cela était impossible. Physiquement impossible. La peau de

Laurent était tendre, fine, et à chaque coup qu'il l'enfilait, Jean-Philippe avait peur de lui éclater l'anus. Les gémissements du petit corps assoiffé dérangeaient Jean-Philippe. Il n'aimait pas faire mal. Il n'avait pas le mental cruel et Laurent aurait subi n'importe quel sévice pour être pris par le jonc puissant de « Jean-Phil » ! Laurent était un résigné de la douleur.

Qu'est-ce qui lui prenait, à Laurent, de se lancer dans une histoire de petites culottes ? Il devait virer à la tante. Jean-Philippe imagina le temps d'un éclair le sexe, grand comme un orteil, recroquevillé au fond d'un tonga rose brillant, la démarche outrancière du jeune garçon mimant les Drag-Queens mais même ça, le pauvre gosse n'en avait pas l'envergure et trente-six petites culottes ne changeraient hélas rien au problème.

Jean-Philippe rangea le bol dans le lave-vaisselle, le coq se retrouva tête en bas.

Il fit couler un bain, dans lequel il mit quelques gouttes d'huiles essentielles. La lettre était restée sur la table de la cuisine.

Et pourquoi pas Marie ? Jean-Philippe eut une érection brutale en pensant à la jeune fille. Prenant son sexe à deux mains, il se masturba dans les eaux troubles du bain. Très vite, son foutre se mélangea au liquide qui l'enveloppait.

Marie, âgée de dix-huit ans à peine, mi-ange, mi-garce ! Une drôle de fille, toute dessinée au fusain. Un visage aux traits fins où brillait la malice du démon monté sur un corps androgyne. La peau était très blanche, presque immaculée, juste un petit grain de beauté au creux de ses deux seins tout ronds. Des seins petits et fermes qui gonflaient sous la pression des mains. Marie ; elle aimait les hommes, mais par deux, elle adorait baiser ,mais à trois, elle aimait les jeux, mais par dix ; Marie était une pure jouisseuse et se nourrissait de sperme et de sensations multiples et ingénieuses ! Alors, trente-six petites culottes, cela lui convenait parfaitement. Elle les utiliserait dans son numéro de « Déesse de l'Olympe », c'était un de ses jeux favoris.

Le jeu se déroule sur un tapis de coussins luxueux. De ses doigts magiques, de sa langue agile, de sa peau imberbe, Marie égare l'esprit le plus sage et l'entraîne aux confins de la folie. Tout est permis tant que « l'amour humain ne se distingue du rut stupide des animaux que par deux fonctions divines : le baiser et la caresse ».

Marie sait embrasser les deux verges tendues de ses dieux en perdition, Jean-Philippe et Henri, le souffre-douleur de Marie, qui ne la quitte pas d'une semelle. Elle ouvre largement les lèvres, saisit des deux mains les sexes exaspérés et les enfourne goulûment. Quelle jouissance de sentir la chaleur de sa salive dégoulinante sur la peau incandescente ! Toujours à genoux, Marie suce, mordille, lèche. Le liquide fluide et divin coule le long de son menton. Elle recule la tête, lentement, laisse glisser ses hôtes devenus trop encombrants qui l'empêchent de respirer. Son corps se redresse sans pour autant lâcher prise ; ses mains expertes ont pris le relais. Son mouvement de poignet est sûr et rythmé. De ses paumes brûlantes, Jean-Philippe caresse les genoux, l'intérieur des cuisses, puis revient aux genoux, les presse l'un contre l'autre, remonte vers le creux des cuisses, là où la ligne devient courbe.

C'est bon ! Alors Marie écarte outrageusement les jambes, les raidit. L'influence du plaisir lui fait relâcher la pression et diminuer la cadence, Henri profite de l'instant pour dégager son gland comprimé et le glisser dans la chatte trempée. La pénétration se fait avec lenteur. Un peu déçue, Marie soupire, sa main lâche définitivement le sexe de Jean-Philippe. Le jeune homme se laisse tomber sur les coussins. Plaçant sa tête entre les deux corps accouplés, il mate et se caresse. Marie le rassure de sa présence, elle pose son pied sur la poitrine de Jean-Philippe. Il suit la progression du mouvement, la montée du plaisir. Il entend la respiration haletante d'Henri. Une respiration de plus en plus pressée, de plus en plus bruyante, qui se termine dans un râle. Marie le reçoit, son corps reste concentré sur une volupté inassouvie. À présent, dans un mouvement serpentin, la jeune femme descend vers Jean-Philippe, rampe, monte sur le corps brûlant de désir. Ses lèvres pressent la peau. Le manque tenaille le creux du ventre. Jean-Philippe remonte une mèche de cheveux collée sur la petite veine bleue qui traverse le front, puis, faisant volte-face, il retourne le corps agité et le plaque à plat ventre. Les coussins se sont écartés, Marie repose sur le parquet rugueux, les os de ses hanches cognent les lattes, le son est mat. Alors, n'y tenant plus, il enfonce sa queue dans le cul humide de la jeune femme. Marie laisse échapper un cri de douleur, un cri qui ne fait qu'exciter. Aimer fait souvent mal, mais elle s'en fout pas mal car elle sait qu'après, ce n'en sera que meilleur et puis c'est un jeu, alors ... Marie donne des coups de reins aidant ainsi la verge à mieux la pénétrer. La douleur vive se transforme, faisant place à une sensation de délice qu'elle connaît. Elle aime ça, Marie, elle bouge bien, Marie. Encore un ou deux assauts et ils savoureront pleinement le débordement de l'extase. Exténués, vidés, balayant dans un souffle bruyant les vents de l'Olympe, ils jouissent longtemps... longtemps, remontent le temps jusqu'à la frontière où l'être laisse aller la substance...

— T'as reçu ma lettre ?

C'est la voix du vieux, rauque, essoufflée, dégueulante de mépris, crachant dans le combiné.

Les battements du cœur de Jean-Philippe déchirent sa poitrine, il prend un temps puis, frappant de sa main libre l'eau devenue tiède, pour la première fois il ose :

— ENCULÉ !...

HÉLÈNE GIRARD

FANTÔMES D'AMOUR

Mademoiselle X pénétra dans son nouvel appartement, un trois pièces moderne qu'elle avait meublé à son image, c'est-à-dire sobrement. Elle n'y passerait de toute façon que peu de temps, puisqu'elle travaillait dans la journée à la bibliothèque municipale. Néanmoins, elle était contente d'avoir enfin un espace à elle, ayant partagé auparavant un autre appartement avec une amie. Se retrouver vraiment chez elle, confortablement installée, voilà qui n'était pas pour lui déplaire. Elle allait pouvoir s'adonner à sa passion, la lecture, bien calée dans un grand fauteuil ou même en hiver, allongée dans son lit sous l'édredon. La tâche qu'on lui avait assignée à la bibliothèque ne manquait pas d'attiser sa curiosité, tout en la rebutant parfois tant ses découvertes littéraires la surprenaient, la perturbaient, voire la choquaient, elle qui avait reçu une éducation non pas stricte, mais dans laquelle les questions sexuelles avaient été couvertes du voile de la discrétion la plus totale. Or, c'est à elle qu'on avait confié la constitution d'un fond de littérature érotique, audace fort louable de la part de la directrice de cette petite bibliothèque de province. Mademoiselle X se cultivait. Elle avait bien sûr retenu pour les lecteurs quelques classiques, Ovide, L'Arioste, Sade, Apollinaire... Parmi les œuvres contemporaines, *Le Boucher*, petit bijou de chair d'Alina Reyes, l'avait séduite par ses chuchotements délectables. Elle avait également apprécié *La Femme de papier* de Françoise Rey, mais elle hésitait à sélectionner parmi les auteurs actuels Florence Dugas, dont la perversité la faisait frémir d'horreur, peut-être parce qu'elle réveillait en elle des zones interdites qu'elle préférait laisser sagement endormies. Pourtant, elle était bien obligée de reconnaître qu'elle avait affaire ici à une sorte de Bataille moderne, en plus fort.

La tête encore perdue dans ses lectures, mademoiselle X s'apprête à sortir de chez elle pour faire provision de réglisses fourrés et de petits nounours en chocolat, afin que la soirée se déroule au mieux, un livre dans une main, une friandise dans l'autre, lorsque, ayant appuyé sur le bouton de l'ascenseur, les portes de celui-ci s'ouvrent sur un couple qui fait l'amour. « N'ai-je pas un peu abusé de la lecture ? », se demande mademoiselle X. Elle avait déjà lu pendant plusieurs heures et était plongée dans l'érotisme depuis une semaine maintenant, elle qui vivait seule et n'avait pas d'amant pour expérimenter les fantasmes que suscitaient les ouvrages. Les portes de l'ascenseur se referment aussitôt ; il continue sa descente aux enfers tandis que mademoiselle X s'impatiente. « Après tout, se dit-elle, ce genre de chose arrive, je n'ai pas rêvé. La preuve, on en parle dans les romans érotiques. D'ailleurs, ces jeunes gens ont peut-être lu *Emmanuelle*.» L'ascenseur arrive enfin et mademoiselle X descend sans encombre, enfermée dans ce lieu où la passion amoureuse vient de se donner libre cours. Elle inspecte le lieu, guettant les traces de la fornication, mais ne peut rien déceler.

À son retour, elle s'attaque à *Sex Vox Dominam* de Richard Morgiève. Au bout d'une bonne heure de lecture, elle décide de prendre une douche avant de se coucher. Sous la douche, derrière le rideau de plastique mouillé qui colle à leur peau, deux corps s'étreignent, visiblement au comble de la jouissance. « Dans l'ascenseur, passe encore, mais chez moi, c'est impossible », se dit mademoiselle X. Elle tire le rideau d'un geste brusque. Le bac à douche est vide. Il est temps qu'elle aille se coucher. Toutefois, elle remarque que le bac est couvert de gouttes d'eau comme si l'on venait de s'en servir. Or, elle ne l'a pas utilisé depuis la veille.

Elle passa une nuit agitée durant laquelle elle fit plusieurs rêves érotiques. Dans l'un d'eux, un homme qui s'apprêtait à la pénétrer vit son sexe se muer en serpent. Saisie d'horreur, mademoiselle X se réveilla en nage. Le lendemain, elle fit une petite promenade dans la nature, histoire de se changer un peu les idées avant de se remettre au travail. Elle était prête à affronter *Le Lien* de Vanessa Duriès. Elle s'assit dans un grand fauteuil du salon et chaussa ses lunettes. Soudain, elle entend une sorte de miaulement qui vient de sa chambre. Elle va voir ce qui se passe, craignant que son chat n'ait fait ses besoins sur le lit. Au lieu du chat, un couple s'adonne à des ébats amoureux. Dans son lit. Elle ôte ses lunettes, se frotte les yeux. Le couple reste là à la regarder de façon moqueuse. Elle s'évanouit. Au bout d'une minute, elle se réveille. L'homme et la femme ont évidemment disparu ; à coup sûr elle a trop travaillé. Elle passa une seconde nuit encore plus tourmentée que la précédente. Cette fois, elle rêva qu'elle était attachée à une croix de Saint-André et fouettée nue par le fantôme de Vanessa Duriès. L'angoisse se mêlait au plaisir.

C'en était trop pour cette âme initiée à l'érotisme par le seul biais des lectures. Heureusement, son travail touchait à sa fin et c'est avec soulagement qu'elle rendit son rapport. Elle allait pouvoir se consacrer à nouveau à des ouvrages moins voluptueux, peut-être, mais totalement différentes. Elle avait toutefois encore un sommeil perturbé par ses récentes lectures. Réveillée au cours d'une partouze infernale au cours de laquelle elle passait entre les mains de divers hommes et femmes tous plus beaux les uns que les autres, elle se rendit à la cuisine pour prendre une petite tisane apaisante. Son cœur battait encore à cent à l'heure. Soudain, au seuil de la cuisine, elle aperçoit le couple qui l'avait déjà tourmentée dans sa chambre à coucher et dans l'ascenseur, sinon dans la salle de bains. La femme est allongée sur la table tandis que l'homme, debout, la pénètre avec passion. Elle reconnaît leurs visages. Cette fois, elle ne s'évanouirait pas. Elle s'agrippe au buffet et en sort une tasse et une casserole, puis elle fait chauffer de l'eau. L'homme et la femme sont toujours là et poursuivent leurs activités érotiques au mépris de mademoiselle X. Elle met son sachet de tisane dans la tasse, verse de l'eau par-dessus et s'assied sur une chaise, face au couple. Alors la femme se met à parler :

– Nous sommes ici chez nous. Nous avons habité cet appartement avant vous et sommes bien décidés à y rester, malgré notre mort récente. Nous avons été assassinés par des cambrioleurs pendant que nous faisions l'amour ici même.

Mademoiselle X lâche sa tasse et se brûle la cuisse. Les fantômes disparaissent.

Mademoiselle X n'avait plus de doute sur sa santé mentale ; elle croyait aux fantômes. Quittant la cuisine, elle se dirigea vers sa chambre à coucher. Le lit était déjà occupé par le couple. Elle se résigna à passer la nuit sur le canapé du salon. Le lendemain, elle décida de changer d'appartement. Dans l'immeuble qu'elle habita ensuite, elle rencontra un charmant voisin avec lequel elle put mettre à profit ses lectures. Nul fantôme ne vint la pourchasser.

L'appartement qu'elle venait de quitter fut investi par un couple de jeunes gens qui ne connaissaient rien de la littérature érotique. Ils n'en avaient pas eu besoin pour s'initier au plaisir qu'ils exploraient ensemble dans un esprit libertin faisant fi de bien des tabous. Ils baisaient jour et nuit dans toutes les pièces de l'appartement, dans les positions les plus diverses, utilisant parfois des godemichés, se parant des tenues sexy les plus diverses, mettant en scène leurs fantasmes ou improvisant. Ils ne tardèrent pas à rencontrer eux aussi nos deux fantômes.

– Qu'à cela ne tienne, dit le jeune homme quand l'un des fantômes affirma son droit à habiter l'appartement, venez donc partouzer avec nous.

– C'est impossible, nous ne sommes que des fantômes.

– Si vous n'êtes qu'image, au moins pouvons-nous faire l'amour côte à côte. Ma femme et moi sommes aussi voyeurs et exhibitionnistes.

– Je vous propose un jeu, dit l'homme fantôme. Le couple le plus pervers restera dans l'appartement.

Pendant toute une nuit, fantômes et vivants jouèrent ensemble, s'exhibant et regardant à la fois, pour leur plus grande excitation. Chaque couple redoublait de savoir-faire. L'usage d'objets érotiques avait toutefois été proscrit, les fantômes ne pouvant pas les utiliser – les godemichés fantômes n'existent pas. Cependant, le jeune couple vivant montra tant d'enthousiasme que les fantômes durent se rendre à l'évidence ; ils avaient trouvé plus forts qu'eux. Alors, magnanimes, ils se dirent qu'ils étaient d'une certaine façon vengés de leur mort injuste, et s'en allèrent reposer en paix.

Caroline Lamarche

Paso Doble

Il pleut.

Je pense à mon grand-père qui, lorsqu'il pleuvait, m'obligeait malgré tout à l'accompagner dans sa promenade quotidienne. Nous n'allions pas dans le bois, nous faisions « le petit tour », celui des prairies. Devant les vaches, il me prenait par la main et leur disait d'une voix courtoise :

– Bonjour! Vous êtes si propres aujourd'hui!

Je répondais joyeusement :

– C'est à cause de la pluie!

Je ne suis plus une enfant. Je ne parle plus à la place des bêtes, personne ne me tient par la main, je sors quand je veux, je vais où bon me semble. Aujourd'hui, j'ai pris une douche, je suis propre et fraîche comme une vache sous la pluie, j'ai les lèvres humides, les joues lisses, une jupe très courte que cache un grand manteau noir, et, sous ma culotte, il y a une rosée moite qui suinte d'un poil très doux, c'est l'endroit où je parque mes bêtes.

Je marche vite, direction les beaux quartiers. Quand j'arrive devant l'immeuble, je sonne et, sans attendre la réponse, je pousse la porte vitrée, je traverse le hall, je grimpe les marches deux à deux, jusqu'au dernier étage.

Chaque fois je me dis : peut-être n'est-il pas là, peut-être me suis-je trompée de jour, peut-être a-t-il changé d'avis, n'est-il pas seul, ne m'ouvrira-t-il pas. Mais, soudain, il se dresse devant moi, au seuil de sa mansarde de luxe, avec le ciel qui mange la verrière, l'arbre dont les branches se jettent contre la vitre, et, ce soir, la pluie qui frappe à petits coups rapides.

– Tu es si large, si forte, tu as une force, dit-il.

Je le serre contre moi en pensant à elle, la femme aux attaches fines. Ses poignets, ses chevilles, son cou très long, ses hanches qu'on devine étroites sous la robe. Il y a une photo d'elle sur la porte du frigo. Une autre sur la table du living.

– *Paso Doble* ! dit-il en m'entraînant.

Chez lui, il y a toujours de la musique. À peine entrée, prière de se balancer et d'épouser le rythme. Délié, il va, il vient, et je le suis, lascive, du moins j'essaie, car lascive je dois être pour lui plaire, pour ne pas retomber d'un coup dans le froid, dans la pluie, sans personne qui me prenne par la main.

– Laisse-toi aller, dit-il, on est en Espagne, les gitanes dansent comme des déesses, avec leurs seins lourds, leur pubis proéminent, et puis quand on baise, sept orgasmes par heure, une explosion en chaîne, le brasier des sorcières. *Paso Doble,* danse !

Il se colle à moi, la mal-dansante, et le living coquet

se transforme en cave sombre où de belles gitanes m'observent en riant. Il s'en va avec trois d'entre elles, et moi je reste là, sous la pluie d'une saison qui passera comme les autres.

Plus tard, dans la cuisine, je le regarde manger. Il mange seul car j'ai dit, comme d'habitude : « Ne t'occupe pas de moi, je n'ai pas faim ». Il m'obéit et ne me prépare jamais rien. Assise en face de lui, je bois un verre de vin. Il porte une des vingt-cinq chemises que lui a données la femme aux attaches fines. Ses épaules d'homme sont larges, sa taille bien prise, et longues ses jambes qui enserrent les miennes. Je me dis que nous sommes mariés, même si ce n'est pas vrai. Parce que je le regarde manger, parce que ses jambes cadenassent les miennes, je suis sa femme pour toujours. Nous ferons des enfants et nous les mènerons dans les prairies voir les vaches sous la pluie.

Il termine son repas quand le téléphone sonne. Il ne pleut pas forcément, et le vent ne pousse pas toujours les branches de l'arbre contre la vitre, mais chaque fois le téléphone sonne. J'ai la permission de rester, je ne dérange pas. Je quitte la table, je prends un livre dans la bibliothèque et je m'allonge sur le tapis de haute laine. Si je lève les yeux, je vois ses pieds qui arpentent le tapis, ses souliers toujours bien cirés, ses chaussettes anglaises qu'il n'achète pas lui-même – elle tient un magasin de vêtements pour hommes –, et je les imagine, lui assis dans une cabine close, pieds nus, et elle, à genoux, la jupe retroussée jusqu'au nombril, l'aine diaphane, lui enfilant une chaussette anglaise douce comme un vagin.

Il lui parle au téléphone. Je n'entends pas ce qu'il dit à

cause de la tempête sous mon crâne, je ne vois que ses lèvres qui remuent, implorent, et ses yeux qui me cherchent. « Reste », disent ses yeux lorsqu'ils captent mon regard, « Reste : tu es forte, toi ».

Après, il raccroche le combiné et se glisse contre moi.

— Tu as entendu comme je l'ai consolée, comme je lui ai donné du courage ?

Il se blottit dans mes bras, s'agite comme un enfant fiévreux. Je lui demande tendrement :

— Elle va bientôt quitter son mari ? Elle pourra bientôt vivre ici, avec toi ?

— Je ne sais pas, dit-il, c'est si dur, ça fait si longtemps. Si tu savais ! Nous sommes seuls, elle et moi, seuls contre le monde entier.

Et il se met à pleurer, dévasté.

Alors je lui caresse le visage et j'y fais tomber, au même rythme, obstiné, que la pluie, ces quelques mots, toujours les mêmes :

— Moi je suis avec vous, contre le monde entier.

L'arbre se frotte à la vitre, la pluie graisse le carreau.

Il m'a étendue sur le lit. Il me déchausse, il me caresse les cheveux, les tire en arrière.

— Tu as un front de petite fille.

Ses doigts frôlent mon poignet, détachent ma montre, elle glisse et tombe sur le sol.

Il y a une lampe à côté du lit. Et sous la lampe, toujours quelque chose d'elle.

La première fois, une lettre, d'une écriture déliée, qui commençait ainsi : « Mon amour... »

Je n'ai pas lu la suite.

La seconde fois, posée sur un carré de papier blanc,

une touffe de poils pubiens très noirs, coupée aux ciseaux.

Parfois c'est une montre-bracelet. Oubliée.

Et aujourd'hui?

Aujourd'hui, il n'y a rien sous la lampe.

Mais quand je suis couchée et qu'il m'ôte la jupe, quand il me dépiaute comme un lapin frais tué, j'aperçois sur le plafond une ombre portée, on dirait un museau.

Je me redresse. Sur l'abat-jour, un slip de femme.

Je ne dis rien, je me recouche. J'attends.

Il se penche vers moi.

Alors je hurle :

— Enlève ça!

Il se soulève sur les coudes, tend le bras, saisit le slip, blanc à fleurettes grenat, avec un petit nœud plat sur le devant, grenat aussi. Il pose le slip sur son visage, hoche la tête lentement, pour ne pas le faire tomber.

Il rit.

— Je ne l'ai pas lavé.

Alors je me ravise, m'excuse avec une gaieté charmante :

— Laisse, ça n'a aucune importance.

Puis je rampe, je supplie :

— Jure-moi qu'il y aura toujours, quand je viendrai ici, un objet à elle.

— Promis, dit-il en reposant le trophée sous la lampe.

Il se couche sur moi. Sa voix est douce, maintenant, aussi douce que sa peau.

— Je te connais par cœur, tu es crispée comme une petite fille, tu n'as pas de gestes, pas de cris, tu n'en auras jamais. Elle, elle crie, si tu savais comme elle crie !

Il se redresse, m'observe, modifie ma position. Le bras gauche étendu, le bras droit sur les yeux, les jambes écartées mais pliées, pour lui faire de la place entre mes pieds posés à plat sur le lit. Il s'assied en tailleur, il est nu maintenant, un yogi livré à sa méditation, puis il inspire posément, un plongeur qui s'apprête.

Il plonge. Ses doigts sont en moi. Sans me regarder, il se concentre sur sa main qui écarte, fouille, se laisse avaler dans une haleine de poulpe, et puis ressort, luisante, mouillée comme celle de mon grand-père quand il caressait le mufle de sa vache préférée. Les autres vaches soufflaient fort, puis s'en allaient d'un air inquiet. Celle-là se laissait approcher sans manières, sortait une langue humide, et avalait ses doigts, pensivement.

– *Elle*..., dit-il, pensif, en m'allongeant sous lui.

Il roule sous mes reins sa belle chemise, l'une des vingt-cinq.

– Toi.

Sa voix a changé, c'est un couteau qui doit trancher, vite, une viande tiède, avant qu'elle ne refroidisse, qu'elle ne perde tout son sang.

– Toi, dit-il, toi.

Il a des mots comme ça, des mots de pouvoir et de nécessité, des mots d'ogre affamé, de chirurgien prévenant l'hémorragie, de vampire qui doit en terminer avant le point du jour.

Il me prend. Loin. Fort. Ma tête s'en va heurter le mur.

– *Elle*, dit-il en se retirant lentement. Et toi, dit-il en replongeant à m'en faire mourir.

Il se tait, fore son chemin en étranger, avec un désespoir qui les concerne elle et lui, deux êtres unis, par moi, contre le monde entier.

– Ne crie pas !

J'enferme mon cri à double tour, je l'assassine, en

hommage à la femme aux attaches fines, au ventre plus dansant, plus baisant que le mien.

Alors, d'un coup, de m'être si bien tue, de ce silence docile comme un grand corps qu'on déplace, j'accède à une immense lumière. Et mes membres, enflammés, s'envolent à grands coups d'ailes, tandis qu'il crie, lui, et retombe.

Après il s'endort, il dort comme un enfant très lourd, ma jambe prisonnière de la sienne. Quand j'ai trop mal, je bouge un peu, mais il le sent, et, dans un demi-sommeil, appuie plus fort et me renvoie à l'immobilité. Alors je tourne mon visage vers la fenêtre. Il pleut à verse, des rigoles se forment, toutes les eaux se rejoignent, les branches heurtent la vitre, des vaches nous regardent en meuglant sourdement.

— *Comme elles sont propres aujourd'hui, grand-père !*
— *C'est à cause de la pluie !*

Michèle Larue

La Chair de la chair

Une paire de rollers aux pieds, Maud débarque dans l'existence de Victor une nuit d'été. La ballade en patins organisée alors les vendredis soirs à travers Paris constitue le haut lieu de la drague. Victor se remet de sa dernière histoire d'amour avec une certaine Anaïs. Ils s'étaient fréquentés pendant deux mois, un record pour le jeune homme, et s'étaient rendus la main dans la main à la consultation d'un laboratoire. À peine leur avait-on remis les résultats qui leur laissaient toute liberté de faire l'amour sans protection qu'Anaïs avait quitté l'appartement, sans même laisser une petite chance à son amant de découvrir l'amour au naturel.

La pâleur de Victor contraste avec les couleurs vives qu'il jette sur sa toile à grands coups de spatule. À ses moments perdus, Victor peint nu. À sa façon de bouger autour du chevalet, on sent qu'il est fier de sa musculature, le modelé d'une étude anatomique en ondulation. Il sait que son grain de peau épais laisse présager d'un toucher animal et d'une odeur forte, malgré l'absence de poils. C'est la chair de la chair, lui disait Anaïs.

Les succès de Victor avec les filles qui aiment les noirs ou les hommes méditerranéens se limitent en général à la conversation. Dès qu'il leur prend la main, elles commencent à manifester une sorte de répulsion qui s'accentue lorsqu'il les embrasse. Pourtant, à le voir habillé, les mignonnes ne se doutent de rien. Dans la rue, elles se retournent sur ce beau brun en tee-shirt moulant et bottes de Mad Max.

Victor a su conserver ses manières simples et ses intonations de titi, malgré ses incursions dans les milieux branchés. Lorsqu'il parle, sa gentillesse s'avère désarmante, sa prévenance excessive, et très vite, les filles le prennent comme confident. Ainsi, il est resté ami avec un certain nombre de ses futures ex, comme il les appelle lui-même, des filles avec lesquelles il aurait aimé coucher, mais qui n'ont pas souhaité aller plus loin que l'échange d'un baiser. Il leur conte ses derniers chagrins d'amour, de Carole à Anaïs en passant par Sophie. Mais lorsqu'il sent qu'il a une touche, il apporte une photo artistique en noir et blanc dès le second rendez-vous. Sur un fond en tissu clair, il pose en érection, assis, les jambes écartées. Cette photo constitue un naïf appel du pied. Le modelé du corps, la taille excessive d'un pénis droit, réellement beau, ces atouts lui permettent en général de franchir le cap. Avec Carole, Nathalie et Anaïs, toutes rencontrées à la balade du vendredi soir, le troisième rendez-vous s'était terminé sur un lit.

Avenue d'Italie, Maud trébuche sur Victor qui s'empresse bien sûr de la soutenir. La traversée de Paris est longue quand on n'a pas l'habitude, et elle ajoute que ce n'est plus de son âge : elle a 45 ans.

Le lendemain, c'est elle qui le console du départ d'Anaïs. Victor a trouvé une oreille compatissante. De confident, le voici écouté pour la première fois. Avec le temps, Maud s'attache à lui. Loin de la gêner, l'exhibitionnisme du garçon lui évite l'ennui. Le soir, assise dans le canapé, elle le regarde en train de peindre, ce qui la change du voyeurisme des autres hommes qu'elle a connus, ceux qui lui demandaient de se promener devant eux dans le plus simple appareil, en soutien-gorge et en porte-jarretelles.

Au fond, Victor n'est à l'aise que lorsqu'il est nu. Des pulsions sexuelles l'envahissent alors en présence de n'importe qui. Faute de fille, un homme lui a une fois servi d'exutoire. Car seul le plaisir de l'exhibition permet à Victor d'exister, et de se débarrasser un moment d'une timidité pétrifiante provoquée par ses complexes d'infériorité. Il se sent alors plus beau que tous les autres, irrésistible. Lorsqu'il sort en boîte, ses formes moulées sont mises en valeur par un petit débardeur. Dès qu'il ôte sa veste, son sourire devient enjôleur. Bien sûr, il sait que sa peau n'est pas de qualité, mais dans la nuit, on ne voit ni la pâleur, ni le grain. Il s'est rendu plusieurs fois dans des boîtes à Amsterdam, une fois aussi à Londres. Les Hollandais et les Anglais ne souffrent-ils pas du même défaut ?

Nous vivons une époque où les jeunes tirent parti de l'avantage physique le plus insignifiant, à courir les castings de mains, de jambes ou de bouches et à louer les attributs qu'ils peuvent monnayer. Victor exploite sa musculature, posant à l'école de Barbizon pour les élèves du cours de dessin. Il fait parfois des extras aux anniversaires, où les invités l'attendent avec impatience. Dès qu'il passe la porte, on scande : « Victor ! Une exhib ! » Artiste, il se la joue très sexy, roulant son maillot vers le haut. Le tee-shirt blanc entoure ses épaules comme une bande médicale, donnant à ce corps un aspect maladif, qui fait partie de l'attraction sans que personne dans le public n'en prenne conscience. Puis il ouvre son ceinturon. L'intérieur de la fente contient l'obscène, cet immense phallus veiné parcouru par une nervure centrale qui se poursuit entre les testicules à peine plus sombres, chair sans ombre sur un fond de chair. La brèche découvre les cuisses, auxquelles un galbe excessif donne un aspect charnu, contrastant avec leur brillance de marbre. Une soixante-huitarde, la mère d'un copain de Victor, proclama un jour à une fête qu'il s'agissait là de « chair à pédé ».

Sur le plan sentimental, Victor n'a pas connu de relation stable avant de rencontrer Maud. Certaines copines lui ont dit qu'une fille de vingt-cinq ans se cherche un copain romantique, ou bien un homme un peu macho, plutôt qu'un cochon rose en train de courir partout les fesses à l'air. Au bout d'un mois – la moyenne d'une relation pour Victor –, Carole et les autres se sont contentées d'annoncer qu'elles s'en allaient. Après chacune de ces ruptures inexpliquées, Victor s'accuse d'avoir été trop pervers. Il se blâme pour ses exhibitions, s'en veut de limer les pauvres biches des heures durant. Car sous le préservatif, Victor ne ressent pas grand-chose. Alors, dans le rapport sexuel, il pompe, mécaniquement. À trente ans, il n'a pas connu autre chose que l'amour sous cellophane.

Maud et Victor restent ensemble faute de mieux en évitant de faire des projets. Ils ont pourtant beaucoup en commun, et leur liaison pourrait être qualifiée de chaud et froid : Maud repasse des vêtements dans la vapeur d'un pressing à 40 degrés, tandis que le travail alimentaire de Victor consiste à conditionner des aliments, dans une entreprise industrielle où règne une température ambiante glaciale : 11 degrés seulement, pour des raisons d'hygiène. En arrivant de leurs boulots respectifs, Maud superpose les pull-overs car son travail l'a rendue frileuse, et lui vit nu autant que possible car il crève toujours de chaud. La nuit, il dort sur la couette, et Maud en dessous. La peau de Victor ne pose aucun problème à sa compagne : ils ne se touchent pas en faisant l'amour puisque la position de Victor, à la recherche de sensations fortes ou de sensations tout court, est de s'arc-bouter à genoux au-dessus d'elle.

Le matin, Maud chantonne. Même dans leurs rapports sexuels, cette manie ne la quitte pas. Une gitane croisée aux Saintes-Maries-De-La-Mer lui a dit qu'elle avait raté une carrière de cantatrice. En effet, Maud a autrefois étudié le lyrique avec un professeur. Ses mélopées sont désormais internes. Elle peut ainsi chanter où elle veut sans étonner personne. Au travail, mais aussi dans les transports public, et en repassant les vêtements des autres. Les notes résonnent dans son crâne, contre ses vertèbres, montent et descendent le long de sa colonne et se propagent jusque dans son pubis. Ces improvisations contribuent à l'excitation au lit de Maud, et pallient le manque de sensualité tactile de Victor.

Elle accepte finalement de l'accompagner pour des tests, après trois mois d'idylle. Il l'emmène au laboratoire qu'il connaît déjà en la tenant très fort par la main, parce qu'il appréhende la fatalité d'une séparation imminente.

Le grand moment arrive enfin. Leurs tests sont négatifs. Dès la pénétration à nu, Victor éprouve la sensation d'une fragilité inconnue. Il a l'impression qu'il va tomber dans un abîme, et même qu'il va tomber malade. Ses oreilles vrombissent. Il est au bord de la syncope... Il se retient de plonger dans un univers cauchemardesque comparable à ces films fantastiques américains où la femme contient des éléments visqueux qui peuvent mettre l'homme en danger, des « aliens ». Il doit se raisonner pour continuer à bouger en elle. À chacun des mouvements qu'il exécute, il découvre des sensations nouvelles, mais aussi des picotements, et une irritation là où la peau coulisse sur le gland. Habitué à faire l'amour pendant des heures, il tient quelques minutes avant d'éjaculer. De son côté, Maud vient de découvrir l'appréhension d'une fin rapide. Elle se précipite dans la salle de bains, enlève une trousse qui traîne dans le bidet rarement utilisé pour se laver à grande eau. Désormais consciente que le garçon est au bord de la jouissance, l'idée de ne plus jamais vivre un orgasme l'inhibe. Elle ne peut pas gérer son plaisir, ni s'abandonner comme avant. À chaque fois qu'ils font l'amour, elle associe ce morceau de chair, dur et mou en même temps, à un moignon. La belle queue de Victor se répand désormais en elle comme de la chair informe. Le préservatif n'est plus là pour lui donner corps. C'est en tout cas ce qu'elle imagine, au gré des répulsions qui l'assaillent. Le frottement l'irrite, le contact de leurs sexes lui paraît grossier, imprécis.

Au bout de quelques semaines, elle supplie Victor de remettre un préservatif. Il accepte de bon cœur car il commence à craindre qu'elle ne le quitte d'un jour à l'autre : ses besogneux va-et-vient n'ont pas tiré un cri de plaisir à sa compagne depuis qu'il est devenu, sans la pellicule de latex qui gainait sa verge, un éjaculateur précoce.

Les mois passent. Au rôle de confidente s'ajoute pour Maud la fonction de mère nourricière puisqu'elle s'occupe désormais des courses et de la préparation des repas. Après dîner, elle s'assoit tranquillement devant le spectacle de la nudité de son fils, toujours prodigue de couleurs éclatantes sur ses toiles, dédiées maintenant à la représentation des monstres qu'il a imaginés dans le ventre de la femme, durant les deux semaines où il y a enfoncé sa chair.

SANDRINE LE COUSTUMER

JOUISSANCE MENSTRUELLE

C'est comme ça. Ce n'est pas sa faute à elle si c'est dans ces moments-là que son plaisir est le plus fort. Il en a toujours été ainsi, même s'il lui a fallu un certain temps pour comprendre. Nombreux sont ceux que cela dégoûte. Son premier amant en avait une sainte horreur, ce fut même la raison de leur rupture. Quelque dix ans plus tard, à presque vingt-sept ans, elle sait ce que son corps aime et se débrouille pour le satisfaire autant qu'il lui est possible.

Alors, les trois ou quatre jours et nuits que durent ses règles, il faut qu'elle baise.

Ce n'est pas que le reste du temps elle ne ressente aucune jouissance, mais rien de comparable avec l'état dans lequel son corps se trouve pendant son cycle menstruel.

Elle avait treize ans quand c'est arrivé. Un matin — dans son cas, c'est toujours au petit matin que cela se produit –, un mouvement au bas de son ventre l'a réveillée. *Mouvement* n'est peut-être pas le terme juste, mais elle n'a jamais vraiment su comment nommer cette onde qui traverse sa chair. Elle a mis sa main entre ses cuisses et a ramené au bout de ses doigts un peu de cette liqueur chaude et merveilleusement odorante. Il était encore trop tôt pour se lever et elle a attendu l'heure du réveil, la main contre son vagin pour ne rien perdre du cataclysme qui se jouait au creux de son corps.

De toute la journée, elle n'a rien dit, à personne, ni à sa mère ni à sa sœur, pas même à sa meilleure amie. Elle voulait garder pour elle seule cette métamorphose intérieure qui faisait d'elle une femme. Il se passait une chose extraordinaire dans son corps et c'était son secret, car à part une pâleur accrue sur son visage, rien ne laissait deviner qu'un peu de sang s'écoulait de son ventre.

Elle a tout de suite aimé avoir ses règles. Elle ne comprenait pas pourquoi autour d'elle les femmes en parlaient comme d'une calamité. Son corps était entré dans un cycle naturel et immuable. Ça arrivait. Ça s'arrêtait. Cela ne la dérangeait pas.

Chaque mois, elle voyait sa mère se tordre, se plaindre qu'elle perdait tout son sang. Certaines de ses amies devaient s'aliter. Dysménorrhée, aménorrhée, aucun de ces symptômes ne la touchait. Et elle s'enorgueillissait de ne pas rejoindre la cohorte de ces femmes gémissantes, sortes de stigmatisées dérisoires. Pour elle, ces maux étaient indignes d'intérêt, d'ailleurs elle fut très tôt convaincue de leur caractère purement psychosomatique.

D'accord, ces femmes ne simulaient pas ; leurs corps disaient une autre souffrance : celle d'être des filles, des mères, des femmes. Mais à quoi cela les avançait-il ? Elle était fière d'être une femme, et avoir ses règles en faisait partie.

Sa mère et sa sœur aînée utilisaient des tampons. Elle se distingua en choisissant des serviettes hygiéniques. D'instinct elle sut que c'était ce qui lui convenait. Elle voulait voir ce qui s'échappait de son corps. Et puis, quelle aberration de retenir à l'intérieur ce sang qui devait s'épancher !

Elle aurait préféré ne rien mettre du tout, laisser le sang couler le long de ses jambes, le recueillir ainsi qu'on le fait d'une sève précieuse. L'été de ses quatorze ans, en vacances à la campagne chez ses grands-parents, elle avait osé l'expérience. Sous ses robes légèrement flottantes, elle oublia de porter une culotte. Pendant trois jours, elle se promena par les chemins de terre, se reposa dans l'herbe, sauta les talus, grimpa aux arbres, tout comme elle le faisait avant d'être une femme. Capricieuse petite fontaine de sang, elle s'essuyait l'intérieur des cuisses à l'aide de végétaux tendres qui, en s'écrasant, mêlaient sur sa peau leurs jus aigres. Quand une vague saisissait son bas-ventre, elle s'asseyait sur une pierre et attendait que cela se calme, marquant son passage d'une composition abstraite. Elle se sentit incroyablement libre et connut avec délice le sentiment de son animalité. Hormis, peut-être, les chats et les chiens de la maison qui venaient se frotter à ses jambes de manière tout à fait excessive, personne ne s'aperçut de cette lubie, et quand bien même, on aurait mis cela sur le compte de sa nature fantasque.

Chaque mois, c'était un plaisir renouvelé et qui sollicitait tous ses sens. Quelques jours avant, le corps tout entier était dans une attente. Elle ressentait une gêne physique, un engorgement pénible qui, si elle s'était écoutée, l'aurait incitée à la léthargie jusqu'à ce que vienne la petite morsure familière dans la région des ovaires, souvent accompagnée d'une fièvre salutaire. Et enfin, cela s'ouvrait. Son corps lui devenait alors plus intime. Elle était à l'écoute des signes que lui envoyait son vagin, et toujours un changement d'odeur annonçait la venue du sang.

L'odeur est ce qui la ravissait le plus. Ces exhalaisons de feuilles pourries, de terre humide, de fruits trop mûrs la plongeaient dans une sorte d'extase. Elle s'enfermait dans la salle de bains, pour être sûre de ne pas être surprise en train de humer la surface de la serviette qu'elle s'apprêtait à jeter. Elle s'en repaissait comme un animal. Elle fermait les yeux et ne pensait plus à rien.

Le flux était le plus souvent peu abondant ; pourtant, elle avait noté des variations qui survenaient en particulier l'été, où l'épanchement, plus conséquent, avait la fluidité et la coloration vive d'un sang jeune.

Car ni la couleur ni la consistance n'échappaient à sa vigilance, et bien souvent les deux étaient liées. Il arriva que le premier jour, les règles fussent brunes, épaisses comme un magma – une glaise que son vagin peinait à évacuer. Alors, elle se rêvait volcan, avec, dans ses entrailles, roches et laves en fusion, boues sulfureuses, toute une vie minérale qui ne demandait qu'à accoucher.

Était-ce parce que c'était du sang, que celui-ci avait passé dans tout son corps, avait irrigué son cerveau – créant idées, rêves, émotions... – avant d'être expulsé ? Le sang avait toujours exercé sur elle une fascination, elle en aimait le goût, l'odeur, le toucher. Dans l'enfance, un rituel familial consistait à passer la langue sur le sang des petites écorchures, en témoignage d'amour indéfectible. « Lèche si tu m'aimes » était le sésame consacré. Ce penchant singulier pour le sang était donc nourri de longue date.

Les menstrues offraient une richesse incomparable. Toute la palette des rouges était représentée avec des nuances infinies selon la brillance, la moirure, la matité. Tandis qu'elle était accroupie sous l'eau de la douche, des filaments s'échappaient, ténus ou épais, entraînant parfois des petits paquets noirâtres qu'elle ne parvenait pas à retenir. Quand cela prenait l'aspect de framboises écrasées, c'était très beau.

Les autres sécrétions vaginales étaient loin d'être aussi intéressantes : banales, neutres, fades, sans grand prestige à ses yeux. Ce qui lui plaisait aussi, c'était le côté monstrueux des règles : son corps saignait et pourtant elle n'était pas blessée !

Elle aimait toucher son vagin, en explorer les replis, l'observer à l'aide d'un miroir. C'était là de menues activités quotidiennes, mais dont elle n'aurait pu se passer. Sans se lasser, elle refaisait les gestes sacramentels qui lui permettaient de prendre connaissance de son sexe, de le sentir vivant, palpitant comme un second cœur. Le centre de son corps était situé à cet endroit exact où le vagin s'ouvrait. « Être bien dans son sexe » était la meilleure formule qu'elle ait trouvée, celle aussi qui lui venait naturellement à l'esprit. Cela signifiait être bien dans sa peau, exister, être pleinement au monde.

Ces attouchements n'étaient pas déjà de la masturbation, plutôt une manière de prendre possession de soi. Pourtant, elle n'attendit pas longtemps pour découvrir comment se donner du plaisir, et rien d'étonnant si ce fut lors de ses règles. Presque incidemment, son doigt frôla le gland clitoridien, et brusquement, une sensation inconnue la fit tressaillir ; ce n'était qu'une préfiguration orgasmique, mais qui laissait entrevoir de grandes choses. Elle acquit une technique, la peaufina longuement. Et bientôt, elle se branla avec constance et talent.

Les règles mettaient son corps dans une grande excitation, un état de réceptivité tel que la plus infime caresse pouvait déclencher l'orgasme. Ces jours-là, se faire jouir devenait impérieux. Et le jeu consistait à retarder la jouissance autant que faire se pouvait, en faisant dériver le doigt le long des petites lèvres pour s'introduire dans l'orifice. L'intensité de l'orgasme ainsi que sa durée se trouvaient décuplées. L'arôme capiteux que laissaient sur son doigt les sucs mêlés au sang accompagnait le relâchement torpide qui s'ensuivait.

Son premier amant, elle le choisit expérimenté. Il était impensable qu'elle confiât sa virginité à un ignorant – non pas que celle-ci fût à ce point sacrée, mais enfin, elle espérait placer cette première fois sous des auspices prometteurs.

Il accomplit sa tâche, sans la décevoir – même si son corps était trop crispé pour se pâmer vraiment...

Progressivement, elle s'abandonna dans les bras de cet homme-là, et apprit à jouir de ses mains, de sa bouche et de sa queue. Ils se rencontraient chaque fois qu'elle parvenait à tromper la vigilance parentale. Quatre mois passèrent avant qu'un de leurs rendez-vous clandestins ne tombât le jour de ses règles. Le deuxième jour précisément, celui où le flux est le plus fourni, le plus épais, le plus odorant, le plus jouissif. Et c'est avec une excitation particulière au ventre qu'elle se préparait à vivre cette expérience tant attendue, un peu comme une seconde défloration sans l'appréhension de la douleur.

Jamais elle n'avait imaginé que son amant puisse éprouver du dégoût face à son sang menstruel. Aussi ne comprit-elle pas tout de suite sa réaction de rejet quand elle se déshabilla, faisant tomber au pied du lit sa culotte tapissée de la serviette sanglante. Il retira sa main qui imprimait au bas de son dos une caresse savante avec une brusquerie qu'elle reçut comme un coup – plus tard, elle repensa à la rapidité avec laquelle un geste de douceur pouvait se changer en violence. Puis, il lui demanda de se rhabiller, sans préambule. Sa frustration fut telle qu'elle n'eut pas le temps de se sentir humiliée. Quand elle se retrouva seule, ce fut de rage qu'elle pleura.

Au matin, elle décida de se mettre en quête de l'homme qui ne mettrait pas d'entraves à son plaisir, et congédia l'effarouché.

Lorsqu'elle fixa son choix sur son deuxième amant, elle prit la précaution de s'enquérir de ses faits sexuels. C'était un garçon d'une vingtaine d'années qui montrait une curiosité sincère pour les femmes. Le jour où elle lui annonça qu'elle avait ses règles, il n'en conçut aucune gêne et ne trouva pas nécessaire d'interrompre leurs ébats déjà bien amorcés. Il faut dire que rien ne semblait faire obstacle à ses appétits. Son impétuosité d'amant encore novice lui fit négliger la douceur requise dans une telle situation. Elle ressentit une profonde douleur qui se changea brutalement en un plaisir tout aussi profond et qui dépassait tout ce qu'elle avait pu éprouver jusque-là. Ce fut une révélation quasi mystique que cette découverte d'une volupté absolue.

Pour ce merveilleux motif, elle aurait pu tomber amoureuse de ce garçon, s'il ne s'était révélé insuffisant dans d'autres domaines... Et puis, elle était trop jeune pour se laisser piéger par des liens, fussent-ils amoureux.

Elle eut d'autres amants. Parfois, elle n'était pas sûre de la manière dont ils réagiraient devant son sexe ensanglanté. En prévision de ces jours d'incertitude, elle apprit à dissimuler. Ce n'était pas si compliqué. Les hommes sont faciles à duper pour la désolante raison que, la plupart du temps, ils méconnaissent gravement le corps de la femme. Ce mensonge par omission était possible en début ou en fin de règles. Il s'agissait de se laver juste avant de faire l'amour et de ne pas s'attarder au lit une fois la chose accomplie ; le mieux était encore d'élire un autre lieu que le lit. Elle était toujours un peu honteuse de ces manipulations, mais puisque la cause en était le plaisir... Le sien, bien sûr, mais celui de l'autre aussi. Car, elle avait pu le constater à maintes reprises, les hommes semblaient concevoir une satisfaction immense à donner du plaisir, cela les emplissait d'un sentiment de puissance qui les rendait heureux. Et elle aimait rendre les hommes heureux de cette façon.

Le plus délicieux restait tout de même de faire l'amour avec des hommes que les règles ne rebutaient pas. Elle pouvait alors pleinement se laisser aller et goûter au plaisir sans retenue. La pénétration elle-même était différente. Son vagin devenait plus onctueux, il avalait la queue avec encore plus de voracité qu'à l'accoutumée. Chacun des pores de sa peau en alerte, elle se donnait jusqu'à la déraison. C'est aussi ce qui effrayait certains de ses amants, ces moments où elle perdait tout contrôle d'elle-même.

Elle avait remarqué que faire l'amour le premier jour de ses règles prolongeait celles-ci de vingt-quatre, voire de quarante-huit heures. Il aurait été stupide qu'elle s'en privât. Durant cette période, qui pouvait donc varier de trois à six jours, son activité sexuelle devenait intensive. Non seulement, elle faisait l'amour dès que cela lui était donné, mais encore, elle ne manquait jamais l'occasion de se branler, et cela même si elle avait un amant. C'était autre chose, d'autres sensations, un désir brutal qui n'avait rien à voir avec une quelconque frustration et qui demandait à être assouvi de manière aussi vive qu'il apparaissait. Elle avait gardé cette habitude de son enfance, où, dans un narcissisme naïf, elle entretenait un rapport très intime avec son corps.

Aucun homme n'avait encore consenti à la masturber pendant ses règles, même parmi ceux qui ne répugnaient pas à introduire leur queue dans son vagin – sans doute, redoutaient-ils pour leurs doigts le bain méphitique. Pleine d'espoir, elle attendait celui qui la gamahucherait sans répulsion...

Et il vint.

Comment la rencontre se fit n'a en soi aucune importance. Ce qui compte, c'est que deux ans après, le désir ne s'est pas tu. Le désir d'être ensemble, mais surtout, celui pressant d'être corps à corps. Ils font l'amour souvent. Ils baisent frénétiquement lorsqu'elle a ses règles.

Elle n'a pas eu besoin de lui dire dans quel état se met son corps le vingt-huitième jour de son cycle. Et il a fait mieux que comprendre ; il a voulu, avec elle, explorer le mystère organique de son plaisir. Il est en cela le premier homme à avoir eu envie de la connaître pleinement. Il est le premier avec lequel elle n'a pas peur de s'ouvrir tout entière.

Ses doigts à lui n'hésitent pas à parcourir la chair gorgée de sang, ni à traverser cette frontière érigée par des ignorants pudibonds et qui pour lui n'existe pas. De la pulpe du médius lubrifié de sang et de sécrétions, il déploie les nymphes délicates et sensibles plus que d'habitude. Là, à l'intérieur du vagin, une petite révolution s'accomplit et d'une certaine manière, il souhaite y prendre part. Ces jours-là, il la branle avec douceur. Le clitoris roule tendrement sous ses doigts. La jouissance est vite là ; aiguë, elle la fait se tordre, se distordre comme sous l'effet de quelque haut mal. Loin de souffrir, son corps se détend dans un abandon qui n'est bientôt plus qu'une attente...

Mais les préliminaires des périodes de règles ne sont pas soumis à la main. La première fois qu'il l'a léchée, l'émotion l'a débordée au point que l'idée même de cette bouche embrassant son intimité sanglante a déclenché l'orgasme. Sa langue frôle, plonge, ses lèvres pincent, appuient, sa langue passe et repasse, glisse et tourne en une danse minuscule et précise. Si, en pareille circonstance, il ne la boit pas, il ne crache pas non plus le liquide émis. Elle sait l'amertume de ce sang, adoucie cependant par la production d'un sucre naturel.

Vient le moment où son vagin appelle, réclame une présence plus « comblante ». Et quand, enfin, sa queue entre dans la cavité uligineuse, ni lui ni elle ne sauraient dire si cet acte porte le nom de pénétration. N'est-ce pas plutôt son sexe à elle qui aspire celui de l'homme ? Ou encore une attirance parfaitement réciproque et idéalement assouvie ?

Au début des règles, la muqueuse ressent les coups de la queue avec douleur. Elle a pris goût à une certaine violence et le rythme qu'elle donne à son bassin va à la rencontre de cette brutalité. Et cette douleur est emportée par le plaisir avec une telle force, qu'à chaque fois elle se laisse surprendre. Et cette surprise la fait éclater d'un rire qui résonne longtemps entre les murs de la chambre. Une nuit, ils ont fait l'amour si violemment qu'elle a cru se vider de son sang. Exsangue de trop d'amour ! Une belle mort.

Cet homme n'a pas peur du plaisir qu'il donne. Il ne trouve pas non plus inconvenant que ce soit durant ses règles qu'elle jouisse autant. Depuis le début, il aime cette femme pour sa démesure.

Ce qui suit le plaisir est encore du plaisir, surtout durant les règles.

Elle aime qu'un peu de sang se répande durant l'acte. Le sentiment de la souillure lui est étranger. Elle éprouve une délectation particulière à déposer sa trace sur les draps. Pour cette raison, elle préfère la blancheur sur laquelle apparaissent de façon claire d'étranges calligraphies, grossières ou maniérées.

Et puis, il y a l'alliance du sperme et du sang. Une alchimie tout à fait singulière que celle provoquée par ce mélange d'une substance fertile aux vertus sacrées à une autre, parfaitement stérile et le plus souvent diabolisée. L'alliance de l'aqueux et du glutineux, du pourpre fileté de brun au blanc laiteux et nacré. En séchant sur le coton immaculé du drap ou de la culotte, ou sur le voile de la serviette hygiénique, cela prend une teinte vieux rose, émouvante, révélant des aspérités plus foncées. La seule odeur du foutre lié au sang la met hors d'elle-même, comme sous l'effet d'une drogue. Et c'est loin d'être exagéré... Elle peut se mettre à divaguer, lyrique et joyeuse à l'excès. Il lui plaît d'être, libre et fière, sous les yeux d'un homme – cet homme –, une sorcière moderne. D'ailleurs, n'avait-elle pas été, dans les jeux de rôles de son enfance, une sorcière très convaincante, quand d'autres se rêvaient princesses ?

Elle se rappelle que, lorsqu'elle était petite fille, on racontait qu'une femme qui avait ses règles faisait tourner la mayonnaise. Elle s'en fichait bien, de la mayonnaise.! D'abord, elle n'avait jamais aimé ça. Toutes ces superstitions ancestrales au sujet des menstrues ! Fallait-il que les femmes représentent un danger pour que l'on fasse circuler d'aussi piètres mensonges ! Impure, la femme qui saigne. Également impur, celui qui touche une femme qui a ses règles. Pire qu'un poison, le sang menstruel.

À chaque fois, pour elle, la vague qui charrie ses

entrailles, lui soulève le bas-ventre et se fraie un chemin jusqu'au vagin est annonciatrice de plaisirs puissants. Quelque chose s'ouvre, la porte secrète qui donne accès à une jouissance inégalée, libère le liquide chaud dans une torsion de la muqueuse, une délicieuse contraction. Lui, l'homme aimé, dit que c'est le signe qu'un globule polaire s'est détaché. Elle ne sait si cela est exact – d'ailleurs, peu lui importe ce que recouvre ce terme. Il lui permet de renouer avec son imaginaire enfantin, cette époque où elle s'inventait des mondes intérieurs, des mythologies physiologiques qui la faisaient voyager dans son propre corps. Il paraît que les douleurs de l'enfantement sont proches de ces spasmes œstraux. Mais cela, a-t-elle envie de le vérifier ? Elle se croit volontiers bréhaigne, ce qui lui éviterait d'avoir à affronter l'impossible dilemme de la procréation.

AGNÈS PAREYRE

AFFINITÉS

Je me penche sur ton corps. Tu es allongé au-dessous de moi. Je nourris ce désir fou depuis si longtemps. À cet instant, tous mes fantasmes me quittent, toutes mes nuits brûlantes s'évaporent, je deviens gauche, une petite fille qui ne sait pas, qui ne sait rien et quémande qu'on le lui apprenne. Apprends-moi. Apprends-moi à te caresser, à te parler, à te raconter, à prononcer les mots obscènes que tu veux entendre, à placer mes doigts là où tu les attends sans oser me le susurrer.

Je coule sur ton torse pour tester le goût de ta peau. Elle est sucrée, elle est douce, elle n'agresse pas mon palais. Je la goûte, j'enfonce ma langue dans les plis, je suis les imperfections, j'explore, je palpe le moelleux, sonde les rugosités, j'apprivoise l'âcreté de ma langue enjôleuse.

Au contact de cette chair, il me semble que je pourrais tout accepter de toi, tes manquements, tes abus, tes refus. J'aimerai lorsque tu me piétineras, lorsque tu m'insulteras. Oui, soudain je sais que je ne me déroberai pas.

Je fouille de ma langue la toison, contourne, enroule et lèche comme un chat tout absorbé à sa toilette. Je progresse avec peine, musarde, marque un temps d'arrêt et furieusement replonge dans cette moiteur. Mon corps dessine de lents mouvements concentriques sur le tien, le frottement appelle l'excitation et l'excitation le désir. Dans ce mouvement seul je reconnais le langage de mon corps, sa grammaire, ses lexies. Je joue à le tutoyer, le contrer, le fâcher. Il refuse la transparence que je lui réclame par mes gestes abrupts. Il ne cesse de se dérober comme je le cherche. L'apprivoiser n'a de sens qu'à travers toi, semble-t-il. Alors je reviens, me colle à toi, vole ta chaleur.

Tu me laisses exécuter la danse et n'accompagnes que timidement l'ondulation, juste pour préciser le rythme, en bon chorégraphe.

Je glisse vers ton sexe que je sens réagir sous mon ventre. Il se manifeste, pointe sa présence pour condamner ma distance.

Ici ta peau est blanche, presque diaphane. De deux doigts je retrousse le prépuce ; il laisse apparaître un gland rosé perlant d'acquiescement. Mes lèvres se posent sur le méat trempé, j'en étale le gland, de mes lèvres à ma joue, de mes lèvres à l'autre joue. Sa suavité m'enivre, je caresse, je viens, je m'éloigne, je reviens, j'entrouvre les lèvres, je love leur forme sur la tienne et je fonds sur ton érection.

Je sens ton sexe vivre sous ma langue. Il se raidit, il gonfle et hoquette de petits soubresauts. Très vite il s'énerve à attendre les mouvements de succion tandis que je le lèche, mais c'est prendre que je veux, et non pas donner. Mettre tes sens en alerte et décider qui de nous deux aura raison ce soir. Il en demande plus encore, il veut ma gorge, la profondeur de ma gorge. Vertige de découvrir toujours plus loin, plus avant, plus long, mais jusqu'où ? Quel gouffre y découvrira-t-il ? Celui de la jouissance ou bien celui de la satiété ?

Je le goûte en son entier, ton gland appuyé sur ma glotte. J'apprends à l'accepter, j'attends. Le corps cherche à fuir, il se crispe mais tu maintiens la poussée. Les haut-le-cœur se font plus rares puis s'éteignent, je poursuis, resserre l'étau de tous mes muscles tendus. Donne-toi, mon amour, abandonne-moi ce que tu attendais que j'avale.

Je pourrais rester des heures ainsi à te prouver que j'aime jouir de ta peau, de ton odeur, cette odeur que j'accepte et fais mienne, lentement. Je voudrais te manger, t'engloutir, te digérer, ne faire plus qu'un, toi et moi. Qu'on se confonde, que tu n'existes plus, que tu sois moi, que je sois cet homme et son pénis, cette femme et son triangle. Je voudrais te dire : « Ô ! viens, mon amour, mon sexe implore, viens en moi, je veux que tu m'investisses, que tu me prennes. Que tu fasses définitivement tomber ce qui reste de distance et résiste ». Te dire : « Viens, j'ai mal de ton absence, mon ventre hurle. Regarde, touche, touche comme il se donne pour toi, il s'est ouvert, distendu à se déchirer. Vois, tu peux y passer trois doigts, quatre, oui, comme ça, force, force encore, mon amour ».

Je voudrais te supplier de m'investir et pleurer…

Mais je ne suis qu'une sale pute. Celle que tout homme veut trouer, toi en particulier.

Alors je te dis : « Monte, allez, monte, crache-le, ton venin, qu'on en finisse et que tu te tires. T'auras jamais l'étoffe de mon père. »

JULIE SAGET

L'HOMME D'ALBUQUERQUE

La première fois que j'ai entendu parler de lui, c'était en quel endroit, déjà ? L'homme d'Albuquerque... On ne prononçait jamais son nom véritable, peut-être l'ignorait-on, on l'appelait comme ça : l'homme d'Albuquerque.

Oui, la première fois, en quel endroit, déjà ?

À coup sûr dans une ville portuaire, ce sont les seules qu'il fréquente. Ce qu'il vient y chercher, il le trouve sur les quais, aux abords des docks ; les villes intérieures ne l'intéressent pas, il s'en tient à la marge des continents, de là il est plus facile de fuir, de disparaître.

Voilà ce qu'on m'en avait dit : il débarquait un beau jour – c'était Valparaiso ou Liverpool, Tampico ou Hambourg – et on ne savait même pas qu'il avait débarqué, tant il n'était qu'une ombre hantant les ports. Et puis quelqu'un se vantait de l'avoir aperçu et la nouvelle se propageait, on ne parlait plus que de cela. Sur les coursives des cargos amarrés le nom courait de bouche en bouche, et aussi le long des comptoirs, dans les bars de la Marine qui sentent la bière aigre et la sueur des hommes. On disait : l'homme d'Albuquerque avec crainte, avec admiration, avec répugnance, avec envie. J'entends encore toutes ces voix me parlant de lui quand je me fus mise à sa recherche, et ce que chacun me révélait me poussait plus avant, à sa rencontre.

Voilà que je me souviens de la première fois : c'était à Barcelone, dans cette chambre d'hôtel sentant le rance où m'avaient entraînée deux marins russes natifs de Novorossisk qui erraient comme moi dans les ruelles du Barrio Chino. Nous avions éclusé plus que de raison, comme si chacun de nous voulait perdre un peu de sa vie dans cette ivresse mauvaise. Nous avons fait l'amour à trois, ils m'ont chevauchée, saillie, salie de sperme et de pisse. L'aube nous a surpris, membres emmêlés, dans des draps trempés d'urine, je claquais des dents, les lèvres et la langue tuméfiées de trop de morsures, un goût de sel et de cendre dans la bouche à force de foutre bu. J'étais prise de tremblements.

Dans les lueurs blafardes du petit jour, à l'heure des ultimes confessions, c'est à ce moment-là qu'un des marins a parlé de l'homme d'Albuquerque. J'ai immédiatement compris qu'il me fallait trouver cet homme, que désormais ma vie avait un sens. Mon errance n'en serait plus une, je devais coûte que coûte l'atteindre, lui, l'insaisissable.

Je n'ai pas toujours été de cette race. J'ai été l'épouse d'un homme puissant, riche, très riche, et influent. J'étais l'ornement de sa maison, rien ne m'était refusé. En échange de quoi j'avais pour obligation de savoir me tenir, d'épargner à mon mari le moindre scandale. J'ai aimé un autre homme. Ce fut une passion approchant la folie. Sous prétexte de me soigner, j'ai exigé mon enfermement. C'était à vrai dire pour être plus près encore de l'objet de mon désir. Cet amant-là m'a appris les arcanes de mon corps, il m'a écartelée, il m'a offerte à d'autres, il m'a foutue vivante et morte, j'ai joui pour lui, devant lui, j'ai joui par lui, il m'a crucifiée dans l'attente de son bon plaisir... Et puis la mort me l'a pris. Pendant des jours et des nuits, j'ai hurlé comme une bête réclamant sa pitance – la chair de mon amant à laquelle je ne goûterai plus. Mon mari s'offrit à m'aider, je le pris en haine. J'achetai ma liberté avec le prix de mon silence et de ma complète disparition. Fruit de son éducation, à moins que ce ne soit la crainte que je ne me prostitue pour assurer ma survie, son impitoyable générosité lui commanda de subvenir à mes besoins. J'acceptai cette dernière clause parce qu'elle me laissait libre de prendre tous les hommes que je voudrais sans esprit de lucre. Je donnerais ma touffe, mes poils à bouffer à qui me chanterait, et même si l'envie m'en venait , je paierais – avec l'argent de celui dont je porte le nom – des hommes frustes qui pourtant ne réclament rien d'autre que de baiser celle qui s'offre sans contrepartie. Ceux-là, au début, j'allais les chercher à la sortie des usines, ceux qui travaillent pendant la nuit. J'allais les attendre au petit matin, j'en choisissais un au *hasard. Certains s'effrayaient de ma demande, l'argent leur faisait peur, ils craignaient un mauvais coup. D'autres, fort heureusement, voulaient bien profiter de l'aubaine. Ils se laissaient faire lorsque je glissais ma main dans leur braguette, fourrageant jusqu'à mettre à nu leur sexe que je branlais pour qu'il s'érige. Debout contre le mur de l'usine, je me faisais besogner mais aucun ne parvenait à calmer ma rage. Comme chez une louve folle, de ma gorge jaillissaient des feulements de bête prise au piège. J'ordonnais :* « Enfonce, enfonce, défonce-moi ! » *Puis, dans un rire mauvais :* « Tu as peur ? Tu as peur que j'engloutisse et ta queue, et tes couilles et toute ta merde ? Peur que je t'avale tout entier, que je te vide de ton sang, que je te vide de ta vie ? Putain ! Vas-y, plus profond, encore plus profond ! Fais ce que je te dis ! » *Ils s'exécutaient. Je voyais dans leurs yeux la peur au désir mêlée devant tant de furie. À la longue, je trouvais ces hommes trop serviles, ils puaient la graisse de machine et l'obéissance. Je visais autre chose. Des hommes d'une autre consistance – mais il fallait que toujours leur corps soit malpropre et leur bitte puante –, des hommes dont je ne comprendrais pas la langue et qui n'entendraient pas mes mots, des hommes venus des quatre coins du globe, sans foyer, sans patrie, comme je l'étais moi-même. L'idée évidente me vint que je les trouverais dans les ports. Équipages de fortune, ils arrivent de tous les points du monde, toutes races mêlées, embarqués pour des salaires de misère sur des tankers si vétustes qu'aucun radoub ne peut sauver ces monstruosités flottantes du désastre. Indiens, Malais, Yéménites, ils se nourrissent de ragoûts épicés et d'oignon cru, ils ont*

*l'haleine fétide, leur sueur empeste. C'est ceux-là qu'il
me faut, c'est de ceux-là que je veux.*

*Alors je suis partie. Gibraltar, Tanger, Alexandrie, et
puis, je l'ai dit, Barcelone et les deux marins de
Novorossisk...*

Je suis remontée vers le nord, prête à écumer tous les
ports de la Baltique. Je me suis trouvée à Hambourg. Le
soir, j'ai erré dans Sankt Pauli. Filles derrière leur vitrine,
dans des écrins de fanfreluches, des allures de bonnes
ménagères qui montreraient leur cul. Pas une qui ne vaille
la peine qu'on l'enfile, et pourtant les hommes sont là qui
déambulent, à se rincer l'œil. Ma parole, on dirait des premiers communiants avançant lentement vers l'autel pour
recevoir l'hostie sacrée ! Trique monumentale parce que
celle-là agite ses nichons sous leur nez et qu'ils s'imagi-
nent fourrant leur bitte dans le saint des saints ! Tu parles,
ils n'ont pas grandi d'un pouce depuis le temps où, ado-
lescents, ils s'enfermaient dans les chiottes pour se palu-
cher avec vigueur à l'abri du regard de leur mère ! Le
désir des hommes me dégoûte.

Ce n'était certainement pas dans ces ruelles sans opa-
cité où dégouline, rassurante, la lumière rose bonbon des
néons, que j'allais joindre l'homme d'Albuquerque. C'est
vers les quais que je dois aller... Je rôde entre les ombres
angulaires des piles de containers qui attendent d'être
chargés. Je me dirige vers celui que j'estime être le cargo
le plus pourri, rafiot au profil de ferraille rouillée, j'em-
prunte la passerelle qu'on n'a pas relevée, précaution
inutile car où pourraient bien aller ceux qui doivent

constituer l'équipage, pauvres bougres sans papiers, sans argent ? Je n'ai pas fait trois pas sur le pont qu'une voix jaillie de l'ombre m'arrête :

— Qu'est-ce que tu fous là ?

Je réponds :

— Je cherche des hommes.

— Des hommes ? Pour quoi faire ?

— L'amour.

J'entends un ricanement et je vois s'avancer celui qui doit être le capitaine.

— T'es pas au bon endroit. Tu sais à quoi ressemblent ceux-là qui sont en bas ? Depuis trois semaines on est à quai, la paye n'arrive pas, y'a rien à prendre ici, fous le camp !

— Vous vous trompez. C'est moi qui payes.

Il m'a tirée par la manche et me voici dans ce qui doit servir de cambuse. Lui et moi attablés devant un verre de mauvais whisky.

— Alors, comme ça, c'est toi qui paye ? Raconte.

Je dis au capitaine la femme que j'ai été avant, avant de me savoir, avant que je ne sache moi-même qui j'étais. Je dis l'amant disparu qui m'avait appris à connaître celle que j'étais. Je dis mon goût de l'ordure et de l'abjection. Que ce qui pouvait passer aux yeux du profane pour une descente aux enfers était pour moi le chemin de l'absolu. Que je n'étais pas folle. Que j'avais choisi et qu'il me fallait aller jusqu'au bout de ce que j'avais décidé d'accomplir. Et que c'était pour ça que je recherchais l'homme d'Albuquerque.

Le capitaine est resté un moment silencieux avant de lâcher enfin :

— Port Soudan, le mois prochain.

Il m'a indiqué alors comment on accédait aux cales. En entrant là, j'ai eu du mal à distinguer la dizaine d'hommes qui dormaient à même le sol. Je me suis glissée parmi eux. La chaleur était étouffante. Le premier corps que ma main a rencontré était à demi nu, transpirant. J'ai caressé le torse humide et le dormeur s'est réveillé en marmonnant dans une langue incompréhensible. Je l'ai fait taire en collant ma bouche à la sienne. Son haleine était répugnante et je plongeais ma langue dans un cloaque. Ce faisant, je me suis déshabillée et me suis couchée de tout mon long sur lui. Je me suis faite reptile, ondulante. Mon ventre frottait son ventre et lorsque j'ai senti le sexe dur et gonflé, j'ai défait le sarong de l'homme et, ouvrant mes cuisses, j'ai enfoncé brutalement son sexe en moi. Il y a eu un long gémissement, comme une note puissante sur les accords à peine perceptibles du souffle des autres marins endormis. Mes mouvements se sont faits plus rapides, plus violents, pour que l'homme crie plus fort et que ses compagnons s'éveillent. Le premier à sortir du sommeil a allumé une lampe tempête est s'est approché de nous. Je lui ai fait signe de venir encore plus près, j'ai défait la ceinture qui retenait le pantalon de toile grossière, j'ai pris son sexe dans ma bouche. Je me suis mise à l'aspirer comme si je devais tirer de lui toute la substance de ses couilles. Celui que je chevauchais a poussé un long râle et j'ai senti qu'il jouissait avec toute la puissance d'un mâle privé de femme depuis des lustres. Déjà tous les autres avaient fait cercle autour de nous trois. Chacun voulait sa part, à présent. Je me suis donnée à tous. Je leur ai offert mon con, mes lèvres, le sillon entre mes seins, mes aisselles, ma chevelure, tous les endroits de mon corps où pouvait s'épancher leur foutre. Je crois bien qu'ils riaient et pleuraient à la fois. Cela a duré longtemps. Déjà le jour devait poindre. Chaque parcelle de ma chair n'était que souffrance et contentement à la fois comme si j'avais monté la Scala-santa à genoux avec la couronne d'épines sur le front et le poids de la croix sur mon dos. Transfiguration dans l'abaissement, dans la douleur consentie. Avant de revenir à l'air libre, j'ai jeté une liasse de dollars sur lesquels les hommes se sont précipités avec l'avidité de chiens affamés.

Tandis que je m'éloignais sur le quai où les premiers dockers étaient déjà à l'ouvrage, j'ai entendu la voix du capitaine qui me criait :

— Tu pars vraiment là-bas ?

J'ai fait signe que oui avec la tête. Il a ajouté :

— On se reverra peut-être !

Nous étions trop loin l'un de l'autre pour qu'il m'entende répondre :

— Cela m'étonnerait beaucoup.

Il a dû seulement voir que je lui souriais. Moi, je savais que c'était la dernière image qu'il garderait de moi.

Port Soudan. Lorsque j'ai débarqué, j'ai immédiatement été interpellée par un autochtone en uniforme qui devait faire office de capitaine du port, de douanier, de commissaire. À lui seul le symbole de toutes les autorités. Il était gras et suait à grosses gouttes sous sa casquette. L'air était une fournaise, aucun secours à attendre de la mer, aucune brise marine, la terre et l'eau se changeaient en brasier. J'ai suivi le représentant de la loi dans la baraque qui tenait lieu de bureau et où les pales d'un ventilateur vétuste ne brassaient que du feu. Il a voulu connaître le but de ma visite.

— Je suis venue attendre un ami.

Il m'a évaluée d'un œil soupçonneux, le même que celui qu'il avait pris pour examiner mes papiers.

— Je garde votre passeport, m'a-t-il déclaré dans un mauvais anglais, vous viendrez le reprendre quand votre ami sera là.

Habitué à tous les trafics, il supputait quels profits il pourrait tirer de ma présence. C'est lui qui a trouvé où me loger. Dans une jeep brinquebalante conduite à tombeau ouvert, il m'a menée chez une vieille femme qui ne parlait que le dinka. La maison se composait de deux pièces, j'occuperais celle du fond qui était la chambre de la vieille.

Je me suis étendue, nue, sur ce qui n'était qu'un grabat puant le vieux chiffon et l'odeur sure des vieillards. Je me sentais épuisée comme celui qui vient d'accomplir la dernière étape de la course. Dormir !... Entre mes paupières mi-closes, j'ai entr'aperçu une main écartant le rideau sensé protéger l'intimité de la chambre et j'ai vu le regard plein de curiosité de ma logeuse, un regard noir et avide où ne perçait que l'intelligence d'une bête, le regard d'un rat. Elle s'est approchée de moi, attirée par ma nudité et sa main décharnée a parcouru toute la surface de ma peau. J'étais trop anéantie pour repousser cette main. La caresse était bienfaisante, à la longue. Les doigts se sont attardés sur la toison de mon pubis pour mieux en apprécier l'abondance et le foisonnement, puis ils se sont enfoncés en moi, fouillant mes profondeurs, explorant mes deux orifices. C'était une main experte qui savait ce que c'était que de branler une femme, et le plaisir est monté en moi jusqu'à la déflagration de l'orgasme. La vieille a alors porté ses doigts à ses narines pour renifler les traces de son exploration. Il semblait qu'elle humait un parfum délicieux dont elle aurait perdu la fragrance depuis longtemps.

Pendant combien de temps ai-je dormi ? Lorsque je me suis éveillée, la nuit était là. La vieille et moi avons partagé le ragoût qu'elle avait préparé à mon intention. Puis, par gestes, elle m'a fait comprendre qu'elle allait s'absenter, mais qu'elle reviendrait promptement et que je devais l'attendre. Je suis sortie sur le seuil de la maison. Le ciel n'était qu'une immense concavité de jais piqueté d'étoiles, une chape étouffante emprisonnant chaque parcelle de ce monde du bout du monde. J'ai compris que s'il était un lieu où je devais trouver l'homme d'Albuquerque, c'était bien Port Soudan. On n'aborde ici que pour s'échouer ou crever de mort lente ; tout ici n'est qu'épave : hommes et navires.

La vieille est revenue, en effet. Elle amenait avec elle un adolescent aux yeux soulignés de khôl – un regard de gazelle, une bouche aux lèvres épaisses, une peau de fille. Je dis à la vieille que non, ça ne m'intéressait pas. Mais elle s'est fâchée, m'a ramenée de force dans la chambre. Elle s'est jetée en arrière sur le lit, a soulevé ses jupes et, les jambes ouvertes, écartant les bords de son sexe, m'a obligée à regarder. À la place du clitoris, il n'y avait qu'une longue cicatrice, témoignage de l'excision. Nul besoin de parler le dinka pour saisir ce que la vieille me disait :

— Tu as la chance, ma fille, de posséder ce bout de chair qui procure aux femmes une jouissance encore plus forte que n'en peuvent donner tous les gourdins des hommes. C'est ta jouissance à toi, pas celle du mâle, alors profites-en !

J'ai laissé l'éphèbe aux yeux peints mettre sa tête entre mes jambes, sa langue est venue me chercher, d'abord pointue et frétillante comme la queue du lézard, l'instant d'après large et molle — une langue de lécheur savourant son mets favori avec des petits bruits mouillés de lapement ; ensuite la bouche lippue m'a happée, aspirée. Il m'a semblé que mon clitoris enflait démesurément, que mon corps entier se condensait dans cette seule excroissance, qu'il y avait là l'alpha et l'oméga de mon désir de femme. Le vertige me prit. J'ai saisi à pleines mains la chevelure crépue pour être certaine qu'on ne m'échapperait pas, que la bouche ne me lâcherait pas avant que je ne retombe, défaite et éclatée. L'orgasme me laissa brûlante et insatisfaite. Je réclamai le sexe de l'amant, je lui montrai qu'il devait venir en moi. C'est alors que la vieille, éclatant de rire et soulevant la gandoura du jeune homme, me montra que celui-ci avait été émasculé. Ils ont ri tous deux, la maquerelle et l'éphèbe, comme s'ils venaient de me jouer un tour à leur façon. Après, il a été juste question que je les paye.

C'est le troisième soir de mon arrivée que le commissaire est venu me chercher.

— Je crois bien que votre ami est arrivé. Voulez-vous que je vous conduise à lui ?

Je ne lui ai même pas demandé comment il savait que

c'était précisément cet homme-là que j'étais venue attendre. Je suis montée dans la jeep et nous avons roulé en direction du port. La lune était pleine et sa lumière, lactation phosphorescente, irradiait la mer et la changeait en mercure. Au bout des docks, se dressaient encore quelques entrepôts, derniers vestiges du temps où Port Soudan voyait accoster d'innombrables flottes. La jeep stoppa devant le dernier hangar. Un homme était là qui s'avança vers moi. De lui, je ne vis d'abord que les dents d'un éclat de neige avivé par la blancheur de la lune. Le visage était sans contours, comme s'il voulait se fondre dans ce qui restait encore d'indécis, dans cette part nocturne que les reflets de la lune n'avaient pas su gagner. La voix profonde me fit parier que l'homme était beau. On ne pouvait imaginer la laideur s'accordant à cette voix.

— Je sais que tu me cherches, je l'ai appris il y a quelque temps déjà et je me demandais où nous finirions par nous retrouver.

C'est lorsqu'il prononça ces derniers mots avec un sourire ironique que j'ai vu les dents si blanches dans la bouche carnassière. Il a pris le temps de tirer de sa poche de chemise un cigarillo qu'il a allumé. L'odeur âcre du tabac lui allait bien. La voix se fit plus grave :

— Je sais que tu me cherches. Mais ce que je ne sais pas, c'est pourquoi ?

J'ai simplement répondu :

— Snuff-movies.

— Tu es cliente ? Tu as besoin de ça pour jouir ?

— Ce n'est pas ce que vous croyez.

La voix se fit faussement innocente ; une manière de railler :

– Mais moi, je ne crois rien ! Et je me fous de ce que croient les autres ! C'est pas mon business.

– Je ne suis pas cliente. Je veux seulement être la prochaine.

Il y a eu un silence et l'homme a jeté son cigarillo. Il a pris le temps d'écraser le mégot.

– J'ai jamais fait ça avec des femmes. Question de principes. Je bosse avec des types parfaitement au courant de ce qui les attend. La plupart n'auraient que six mois à vivre. La tuberculose ou des saloperies de ce genre... Leur vie ne vaut pas plus que celle d'un chien crevé. Ils se disent qu'avec tout le pognon qu'ils vont toucher ils pourront faire vivre la famille au pays. Tu comprends, ces mecs sont d'accord. C'est un contrat en bonne et due forme. Toi, je sais pas ce que tu cherches au juste.

J'ai expliqué ce que je cherchais... Les souillures de mon corps qui n'étaient que purification, le foutre de tous ces hommes que j'avais pris et qui avait coulé sur mon ventre, mes seins et mon visage, et qui était comme les crachats à la face du Christ. Rédemption, rédemption ! Il fallait que le martyre soit au bout – comme pour le Crucifié. Alors, je serais enfin délivrée, affranchie de la pesanteur de mes organes, sauvée de la souffrance. Je voulais cette ultime jouissance et je voulais qu'il me la procurât.

– Rentre chez toi! Je viendrai demain soir te dire ce qu'il en est.

Tout le jour suivant, j'ai attendu comme une fiancée à la veille de ses noces. Le soir, il était là. Il m'a rejointe dans la chambre. Je me suis mise nue pour lui et c'est moi qui l'ai dévêtu. Sa peau était de pierre d'ambre, lisse et dorée, j'ai promené ma langue sur le torse pour apprendre le goût de cette peau, il a pris mes seins dans ses mains pour me tenir captive. J'ai su que cette première approche scellait le pacte et qu'il acceptait ce que je lui avais demandé. Je me suis agenouillée devant lui, religieusement, afin que ma bouche aille à son sexe. Je ne voulais rien brusquer, cette nuit devait me paraître une éternité bienfaisante.

Alors, avec quelle lenteur j'ai englouti l'homme ! Il avait pris ma tête dans ses mains pour imprimer à mes mouvements la cadence qu'il souhaitait. Il n'y avait dans nos gestes aucune impatience. C'est avec une infinie douceur que je revenais sur le gland parce que c'était l'endroit le plus vulnérable – là, l'enveloppe est si fine que la chair apparaît en transparence.

– Viens, m'a-t-il murmuré.

Il m'a hissée jusqu'à lui, j'ai noué mes jambes autour de ses reins, mes bras autour de son cou, et il s'est enfoncé en moi. Pour lui, je ne pesais pas plus qu'un petit enfant. À nouveau ce fut lui qui régla l'amplitude du flux et du reflux. Tellement fort, tellement homme et pourtant seulement attentif à mon plaisir, comme si c'était la seule chose qui lui importât. Quand il comprit à la pâleur de mon visage et à la violence de mes gémissements que je touchais à l'orgasme, il s'autorisa à éjaculer et nous jouîmes ensemble.

Roulée en boule, je suis restée pantelante sur le sol tandis qu'il se rhabillait. Il m'a enveloppée du drap de la vieille et m'a portée jusqu'à la jeep. Je savais où il me conduisait. Dans ses bras encore, j'ai franchi le seuil du hangar comme une nouvelle mariée. Ne s'agissait-il pas, après tout, ce soir, de fêter des noces barbares ?

Dans le hangar, un gros lamparo était allumé qui faisait un halo lumineux, un cercle de lumière crue délimitant l'espace scénique. Je vis qu'il y avait, suspendue, une poulie où coulissaient des chaînes. Il m'a attachée à celles-ci, bras tendus vers le haut, le plus haut possible. Mes pieds touchaient à peine terre.

Sont apparus alors deux hommes cagoulés. Dans l'un d'eux , j'ai cependant reconnu le commissaire. Ils m'ont fouettée, brûlée, lacérée, mutilée. Ils ont fouillé mon ventre de leurs lames. Mon sang coulait en abondance mais on avait prévu, à cet effet, de recouvrir le sol de sciure de bois. Qu'on se rassure : il n'y a que les premières entailles qui fassent vraiment mal. Après, la douleur est si forte qu'on ne la sent même plus. L'esprit s'évade de la matière pour s'en aller flotter dans un ailleurs où plus rien ne vous touche.

Je suis à peu près certaine que le gros commissaire avait dû bander comme un âne. Pas l'homme d'Albuquerque. Lui, l'œil rivé à la caméra, filmant mon agonie, il faisait simplement son boulot.

L'Ange de la Mort.

Il a déployé ses ailes – ce fut là ma dernière vision – et, me prenant encore une fois contre lui, il m'a soulevée, emmenée. Je m'envolais enfin.

Sa dernière pensée fut qu'elle avait fait promettre d'envoyer une copie du film à son mari. Celui-ci n'hésiterait pas à payer très cher pour récupérer l'original et le détruire.

*— Grâce à moi, avait-elle dit à l'Ange, tu auras beau-
coup, beaucoup d'argent. Peut-être même que tu pourras
arrêter.*

*L'Ange avait posé ses lèvres sur les siennes (un baiser
d'adieu doux comme un duvet d'oiseau) et, dans un sourire, avait répondu :*

— C'est ma vie, tu sais !

*Elle avait rendu son sourire à l'Ange. Et c'est ainsi
qu'elle partit.*

FABIENNE SWIATLY

PAPIER COUCHÉ

Cul sur le lavabo et lui entre mes jambes qui s'agrippe à mes cuisses. Le mouvement du train nous bouscule à peine. Je mouille, il éjacule, une main secoue la poignée de la porte.

Assise sur ses genoux, je le laisse faire. Il déboutonne ma chemise, libère mes seins sans dégrafer le soutien-gorge. Comme souvent, il me propose de jouer :
– Je suis ton prof de maths, toi l'élève, et tu veux une bonne note.
J'ai quinze ans, lui bientôt trente.

Dernière nuit ensemble. Je le quitte définitivement. Nous faisons l'amour avec avidité, pris de la même excitation. On se frotte, on se lèche, on se mord, on se caresse. Insatiables. Les mains, la langue, mon sexe largement ouvert. Le sien partout.

Dans un souffle, il m'interroge :

– Pourquoi n'avons-nous jamais fait l'amour comme ça auparavant ?

Ma langue joue avec son anus. Autour, dedans, j'humidifie, puis j'enfonce mon doigt après avoir vérifié que l'ongle n'était pas trop long. C'est doux, incroyablement doux et accueillant. J'aimerais avoir une queue pour le pénétrer. J'enfonce un deuxième doigt, il s'abandonne, écarte les fesses en gémissant. Je me fais jouir de l'autre main.

Disque de Moon Martin. Il me fait l'amour sur son morceau préféré. Quand le morceau est fini, il retire son sexe, se lève, remet la chanson à son début, me pénètre à nouveau. Plusieurs fois de suite. Sa queue est très dure. Il a pris de la coke et pourra me pénétrer longtemps, très longtemps avant d'éjaculer. J'aime ça.

Il éjacule sur mon visage. De la main, il m'enduit de sperme. Je lèche le contour de mes lèvres et me souviens d'avoir lu que le sperme est excellent pour la peau, bourré de vitamines.

Pendant qu'il conduit très vite sur l'autoroute, je défais sa braguette et le suce. Je me redresse, écarte mes jambes que je pose sur le tableau de bord, il me caresse à son tour. Je tire sur ma culotte jusqu'à ce qu'elle ne forme plus qu'une fine bande de tissu qui écarte mon sexe. J'espère que les conducteurs d'en face nous voient.

Sur un sentier, il me prend par-derrière. Jupe relevée,

appuyée contre un muret, je le laisse s'activer dans mon dos. Mes yeux s'arrêtent sur une grosse araignée jaune et noire, immobile dans sa toile. Pas de plaisir intense, du bien-être enrobé d'odeurs de mousses et de terre humide. Après, avec de larges feuilles arrachées à un arbre dont je ne connais pas le nom, j'essuie mon sexe humide.

À peine a-t-il éjaculé qu'il se lève pour aller se laver.

Émouvante beauté d'une queue circoncise. Disponible avant même de bander.

J'ai seize ans, lui le double. Il couche avec moi depuis plusieurs mois. Chaque soir, l'impression de faire les mêmes gestes, sans enthousiasme. Parfois sa main qui m'arrête quand je le branle trop fort. Un soir, je lui avoue qu'il est mon deuxième amant. Il s'étonne :

– Tu aurais dû me dire que tu avais si peu d'expérience.

Sur le canapé-lit déplié, je prends la queue d'un homme pour la première fois dans ma bouche. Je ne sais pas trop quoi en faire. Mes mâchoires sont un peu douloureuses mais il paraît que les hommes aiment ça : se faire sucer.

Je m'applique. Pourtant, il repousse mon visage de la main.

– Tu me fais mal avec tes dents.

Elle veut me frapper parce que j'ai couché avec son mari. Je l'en empêche avec une force que je ne me connaissais pas. Calmée, elle accepte un thé, une cigarette. Je l'écoute parler, ses yeux évitent les miens. Puis :

– Il paraît que t'es comme lui. Que t'aimes ça, que t'as besoin de baiser tout le temps.

Sa tête au-dessus de la mienne. Sa large bouche rieuse que j'adore embrasser. Il me regarde droit dans les yeux.
– Tu sais, je suis un peu éjaculateur précoce.

Son doigt qui va et vient dans mon sexe. De plus en plus vite. J'ai l'impression qu'il cherche l'amorce pour me dégoupiller.

Il m'a plaquée contre la porte de la salle de bains. D'une main il baisse mes collants, de l'autre il écarte l'entrejambe de ma culotte. Debout, son sexe est trop court pour me pénétrer.

Sous ma jupe claire, le porte-jarretelles que je viens d'acheter doit se voir. Tissu or et dentelles noires. Je suis douchée, épilée, parfumée et mal à l'aise malgré le vin blanc que je viens d'avaler. Je l'attends, il ne viendra pas.

Plusieurs années à parfaire nos rapports de séduction. Mains qui s'effleurent, sourires complices, sous-entendus. Dans sa salle de bains, pendant que les autres mangent et boivent à table, enfin la rencontre. Nos bouches se mangent, salive généreuse que l'on échange avec la langue. Nos mains voudraient être partout à la fois.
Agitée par le désir, je le repousse brusquement.
– Attends, attends un peu. C'est vraiment trop fort.

Dans une chambre spacieuse d'un hôtel trois étoiles, payée avec un chèque sans provision, il m'engueule :

– Tu ne peux pas prendre ton temps ? Qu'est-ce que t'as à te jeter sur moi, comme ça ?

Il m'écarte les bras avec force.

– Et ouvre-toi un peu !

Le bout du gland dénudé, petite fente au milieu de la chair tendue dont le rose tire sur le violet. J'y frotte mon clitoris et me surprends à gueuler :

– Putain ! C'est bon !

Il a pris ma main gauche entre les siennes. Des mains douces, accueillantes, expertes.

– Pliez ! Ouvrez...

Je m'exécute.

– Pliez encore les doigts. Oui, comme ça...

Il tousse, allume son dictaphone et dicte : callosité vicieuse au métacarpe.

Il ne s'intéresse qu'à ma main ; j'aimerais lui dire qu'il porte un beau prénom : Aram.

Le plancher en bois couine sous mes semelles de caoutchouc. Je bâille devant l'alignement de tableaux et me réveille enfin devant une sculpture de Rodin. Une femme nue et accroupie. Le marbre, si froid au regard, m'étonne par sa chaleur au toucher. Je me cache des autres visiteurs et fais glisser mon index, droit et dur comme un sexe d'homme, sur la courbure des seins, à la rencontre des jambes. Entre les jambes.

Une voix d'homme résonne :

– Madame, s'il vous plaît ! C'est défendu !

Sa main blanche aux ongles vernis sur ma cuisse. Juste un peu trop haut.

– Tu sais, quand j'étais petite, mon frère venait dans ma chambre et me léchait le sexe.

Sa langue rose qui tressaute entre ses dents saines. Elle rit. Tout est débordement chez elle, jusqu'à son corps. Chairs vivantes qui ondulent et invitent à la gourmandise. Mon propre corps, un peu maigre, avalé par ces chairs généreuses. À l'abri.

Sur le chemin qui longe l'étang, entre deux rangées de ronces, il est toujours là. Assis sur sa mobylette orange, vêtu d'un bleu de travail, il sort son sexe dès que j'approche. Il le secoue, me regarde, ne bande jamais. Je passe sans avoir peur mais serre un peu plus fort mon sac d'écolière.

La maison est pleine de copains venus faire la fête. Dans la mezzanine, je me suis couchée pour faire la sieste. Quelqu'un se glisse derrière moi et me fourre aussitôt la main entre les jambes. Je me laisse faire un moment sans savoir de qui il s'agit. Quand je reconnais la voix :

– Non, pas ici, pas maintenant. Pas sous son toit.

Son sexe long, maigre, très raide, comme son corps. Je me sens pénétrée par un os tant il est dur.

– C'est bon, ta bite. Vraiment bon.

Malgré le froid, je repousse la couette. Sur le dos, j'écarte les jambes, il masse ma vulve de la paume de sa main. Je passe la mienne sous la sienne.

– J'aime bien quand tu me regardes faire ça.

Je le lèche longuement sous les bras. L'odeur et le goût de ses aisselles qui m'excitent, là, maintenant.

– On ne m'a jamais fait ça.

– Tu aimes ?

– J'sais pas... Continue !

Toutes les cinq minutes, il me fait changer de position selon la même progression. Par-devant, les jambes par-dessus lui, par-derrière à quatre pattes, ses mains sur mes hanches et enfin moi sur lui, ses mains sur mes seins. Il ne semble prendre aucun plaisir à cette gymnastique, moi non plus.

– Tu ne te douches pas ?

La langue qui me caresse l'intérieur des lèvres, puis le dessus des dents. Ses mains enserrent ma bouche, accompagnent le mouvement de nos lèvres. Il glisse parfois un doigt à l'intérieur. Mes doigts agrippent ses cheveux et j'aspire sa langue que je tète puis suce comme un sexe.

Des gestes obscènes, possibles avec lui, surtout avec lui. Se lécher les lèvres, pincer ses propres seins, accentuer l'écart des jambes avec ses mains. Écarter les grandes lèvres, y mettre son doigt. Se caresser sans le quitter des yeux. Relever le cul, aplatir le ventre sur le matelas, écarter les fesses.

– Vas-y, mets-la. Bien au fond.

Son index dans ma bouche pendant qu'il me pénètre par-derrière.

— Fais doucement. S'il te plaît...

— Je ne peux pas... Je ne peux vraiment pas, j'en ai trop envie. Laisse-moi faire...

Les Droits de l'homme en Afrique. Soirée de clôture. C'est un grand Zaïrois, tête rasée et corps musclé. Il me fait danser la béguine, me serre fort contre sa chemise trempée de sueur. J'aimerais en sucer les plis humides. Me caresser avec. Après, à l'hôtel, la chemise soigneusement pliée sur le dossier d'une chaise. Inutile.

— Tu m'as laissée sur le carreau, lui ai-je dit parce qu'il a joui avant moi.

Mon corps tendu de désir à côté du sien assouvi, mou.

Quelques jours après il me caresse longuement les fesses.

— Pour réchauffer le carrelage.

Je ris. Il a l'air heureux.

Je pose ma tête sur son torse nu. J'ai envie de lui mordre le téton pendant qu'il regarde du foot à la télé. Son torse tressaute devant une action. Je me lève et me masturbe sur le grand lit sans passion. La tête dans l'oreiller.

— Une petite fille doit changer chaque jour de culotte.

— Et un garçon ?

— C'est pas pareil.

Coup de fil à mon coiffeur :

— Vous pouvez me prendre à quelle heure ? Enfin... je voulais dire...

Je raccroche sans laisser mon nom.

Notre relation tient aux histoires qu'elle me raconte. Les clients fétichistes, le curé obèse, le handicapé généreux et difforme. Une femme aussi, qui pour mille balles lui réclame :
– Enfonce ton poing... jusqu'au fond. N'aie pas peur !
Les bars échangistes où j'aimerais la suivre. Serveuses nues, lits immenses, dentelles blanches, des hommes qui matent ceux qui se font sucer.
Je l'écoute en sirotant une poire glacée.

Nerveuse, je m'allonge sur le lit, la radio allumée. Le jeu des mille francs. Je me masturbe. Gestes précis appris depuis l'enfance. La main gauche sur la main droite pour envelopper le sexe, l'index droit qui stimule le clitoris. Jambes raides, souffle retenu. L'orgasme qui vient à tous les coups. Bref mais intense. Le corps qui se détend.
Recommencer, plusieurs fois jusqu'à lassitude.
Le jeu qui continue à la radio... J'ai trouvé deux réponses.

J'avance dans une rue très passante et tripote le bouton supérieur de ma veste en cuir. Il est à l'emplacement exact de mon téton droit. En prendre conscience provoque une contraction délicieuse de mon sein.

– Tu sais, moi, les règles, ça ne me gêne pas.
Il n'a pas compris que je viens de perdre ma virginité.

Ivres de Martini blanc dans une cabine de piscine, nous nous retrouvons collées l'une à l'autre. Je la fais jouir avec ma main bien à plat contre son sexe. Je sens l'os du bassin contre ma paume. Nous ne nous embrassons pas, la cabine sent le chlore. Je suis surprise que quelqu'un puisse jouir si fort.

Toute la nuit, dans le même lit, nous parlons de littérature et de projets de vie. Nous savons pertinemment que nous allons faire l'amour mais nous attendrons l'aube pour nous y mettre.

Brusque chaleur après un mois glacial. J'écris vêtue d'une longue jupe. Pas de culotte. Le tissu synthétique colle à mon sexe et à mes fesses. J'écarte délicatement le tissu en me levant. Geste simple et rafraîchissant.

Son surnom est Wolf. Il parle beaucoup, c'est un cynique. Après avoir fumé trop de shit, il s'endort sur mon ventre. Je reste un long moment sans bouger, les jambes écartées et son corps inerte sur moi.

Sur un chemin escarpé, il conduit sa voiture tout-terrain à vive allure. Je ris et j'ai pour la première fois envie de faire l'amour avec lui. Sa femme à l'arrière s'énerve :
— T'en as pas marre de faire le gamin ?

Je le précède dans les escaliers qui mènent à son appartement. Il me tapote les fesses en riant. Le geste me déconcerte. Sur le matelas à même le sol, il m'embrasse, me caresse mais ne voudra pas me pénétrer.

Nos deux grands corps jouent de l'espace restreint d'une 4 L. Ses jambes sur le volant, les miennes sur le dossier. Nous éclatons plusieurs fois de rire parce que nos ébats déclenchent le klaxon.

Sa main qui me caresse rapidement le ventre. Un sourire. Nos conjoints dans le jardin.

Vite, devant la porte du grenier. Bouches, mains, jambes, cuisses écartées, sexes gonflés. Du bruit, se ressaisir. Vite.

Je gare ma voiture devant la prison de Lyon. Des détenus accrochés aux barreaux, des ombres derrière les grilles. Ils m'interpellent d'une voix grave :
— Je te la boufferais bien, ta chatte.
— Fais chaud, hein ? Salope !
— T'es rousse au cul aussi ?
S'il n'y avait pas le surveillant de la tourelle, je leur montrerais mes seins.

Nous faisons semblant de dormir tous les deux. Nos parents jouent aux cartes ensemble dans le salon. Il porte un pyjama en pilou et je laisse ma main traîner jusqu'à la fente du pantalon. Elle glisse à l'intérieur et je sens son petit sexe sans poils bander. Je retire ma main. C'est tout.

Je le regarde qui cherche une veine avec la pointe de l'aiguille. Il tâtonne puis perfore le creux de son bras aux muscles ronds. Il fouille encore un instant sous la peau tendue puis appuie sur le piston de la seringue. Je regarde sans réagir, sans parler. J'aimerais qu'il me perfore, me fouille pareillement. Il s'endort sur l'oreiller, les yeux entrouverts.

Je porte un imperméable noir serré à la taille. Je sonne chez lui. Il m'embrasse la porte à peine ouverte et me couche aussitôt sur la moquette. Sa main défait la ceinture de mon manteau.

– Ça ne te dérange pas si je te fais l'amour très vite ? Tout de suite ? Ssans te déshabiller ?

D'un mouvement de la hanche, je lui donne mon accord.

– T'es la première fille avec qui j'ose sans préliminaires.

Nos échanges sont maladroits, nos caresses sans effets. Sans l'alcool, nous ne serions pas ensemble dans le même lit. Je gémis pour ne pas amplifier la gêne. De sa chambre, on entend la mer.

1978, une annonce dans *Libération* : jeune véliplanchiste cherche femme pour ondinisme. Adore pisser dans ma combinaison.

Dans la cabine de la plage, elle me propose, après avoir enlevé son maillot de bain :

– On se touche les fesses.

J'enlève mon maillot à mon tour. Elle a un peu de poitrine, moi pas encore.

Dos à dos, on s'écarte puis d'un bond nos fesses se rencontrent. Claquement joyeux de nos peaux fraîches, encore un peu humides.

On rit très fort, longtemps.

Nos sacs à dos dans le coffre de la voiture. Le conducteur roule décontracté, plutôt beau mec. On est ravis d'être là après deux heures d'attente sur le bord de la route. Nous discutons et il nous trouve un peu jeunes pour faire du stop. Puis sa question qui nous laisse sans réponse un bon moment :

— Je peux me branler devant vous ? C'est pas drôle, tout seul.

Devant notre refus, il s'arrête.

— Dommage. Je voulais juste me branler.

Derrière une porte, à même le sol, il enlève mon collant. Il tire, déchire. D'une main je l'aide à faire glisser mon slip, de l'autre je défais sa braguette. Il fait sombre, le parquet est froid, peut-être sale. Au loin les bruits de la fête amplifient notre désir.

Les étoiles au-dessus et le souffle des chevaux au loin. Il a sorti une couverture en laine de sa voiture. On s'assoit, côte à côte, et on se déshabille sans un mot. Il me pénètre longtemps sans parvenir à jouir. Mon sexe reste sec, irrité par ses longs va-et-vient. Je le trouve beaucoup trop beau pour moi

À quatre dans une tente, et la fermeture de nos sacs de couchage bien trop bruyante.

Nos mains qui glissent dans le duvet de l'autre. On se fait jouir sans pénétration.

Hôtel Ibis. Quatre heures du matin.

Il me dit :

— Ça t'excite de coucher avec un black, hein ?

— Parce que toi, ça ne t'excite pas de coucher avec une blanche ?

La veille, je lui ai glissé dans la main un papier avec mon numéro de téléphone. Il me rappelle le lendemain.

Le soir, il me dit, assis au bord du lit :

— Pourquoi je fais ça avec toi alors que je m'entends bien avec ma copine ?

Son sexe qui bande au milieu des poils roux.

Deux heures que nous roulons sur l'autoroute. Elle me dit :

— Je suis une femme fontaine. Quand je jouis, je mouille comme une dingue. J'éjacule comme un mec. Ils adorent ça.

Dans la boîte, pendant que nous dansons, il a glissé sa main sous ma jupe courte. Indifférent au regard des autres.

— Doit faire bon là-dessous.

Puis, dans la voiture, sous un pont, il n'ose pas me faire l'amour et m'avoue :

— Tu me fais trop peur.

C'est un pull rouge taillé dans un tissu très doux et lisse. Lorsque je le porte sous ma veste en cuir, il finit toujours par remonter jusqu'au-dessus de mes seins. Alors je sens la doublure synthétique et le cuir épais contre ma peau nue.

Tout en marchant dans la rue, je profite un moment de cette sensation de chaud et froid sur mon corps puis, d'un geste discret, je remets le pull en place.

Elle me dit :

— Moi, j'aime bien sentir la petite fille négligée.

Brusquement, je l'embrasse sur la bouche et lui dis :

– Excuse-moi, j'en avais envie.

Il plonge son nez dans mon décolleté, agrippe ma poitrine comme une coupe de fruits.

– Moi aussi, j'en avais envie.

Au téléphone, je lui dis :

– Tinquiète pas je ne couche plus avec les filles.

Silence, puis elle lâche :

– Dommage !

Elle m'héberge chez elle, j'écris seule à son bureau. Sonnerie de téléphone et la voix de son amant sur le répondeur :

– J'ai envie de toi, je voudrais te caresser, te toucher...

Je ne peux rien faire d'autre qu'écouter. Ce matin, elle m'a dit qu'elle ne l'aimait plus.

Il a enfilé une longue jupe en toile qui surprend les amis avec qui je bois l'apéro.

– Tu portes quoi en dessous ?

Il relève sa jupe : chaussures et chaussettes noires. Jambes fines et poilues.

Je comprends soudain le mystère des jupes. Sexe immédiatement disponible. J'aimerais vérifier s'il a mis un slip ou pas.

– Tu pourrais me raser le crâne ?

Et il me tend un rasoir électrique. Je m'exécute, anxieuse, peur de lui faire mal, de le sentir si près. À chaque passage de la tondeuse, je caresse la peau pour atténuer l'irritation, vérifier que tout est bien rasé. Ma main sur sa tête et lui qui ne bouge pas.

Sur un papier vert pomme, j'écris un joli lapsus : dans les verges poussent les arbres à fruits.

Dans le taxi, nos mains partout, sous la chemise, dans la nuque, vers les lèvres. D'une légère pression de la main, il me fait pencher plus bas. J'ouvre la ceinture, la braguette, libère sa queue qui bande. Du bout des lèvres autour du sexe puis la bouche qui happe. Ne pas faire de bruit, ne pas gémir... Le chauffeur de taxi silencieux, sauf quand il demande d'une voix atone :

— On passe bien quai de la Rapée ?

Assis au bord du lit, il triture la capote qu'il n'a pas réussi à mettre.

— Une fois sur deux, ca me fait débander, ces machins-là.

Surtout ne pas dire : c'est pas grave.

Monter ensemble la tente, se glisser dessous. Faire l'amour lentement, sans ivresse, puis s'endormir pour une sieste d'après-midi.

Un inconnu à mes côtés dans le T.G.V., je retravaille un texte sur mon portable. Je sens qu'il lit ce que j'écris. C'est un jeune homme aux vêtements stricts et démodés. Petit à petit je transforme mon texte en une histoire érotique, avec des passages torrides. Alors que je tape : *elle écartait son sexe avec les mains pour qu'il puisse mieux la lécher*. Il se lève subitement et se rend aux toilettes d'un pas rapide.

De sa place, je vérifie qu'il pouvait tout lire.

Quand il revient, j'ai fermé le portable.

Fesses nues devant l'ordinateur allumé. Chaise en plastique lisse et froid. Le sol craque, je me relève brusquement, la chaise reste collée à mes fesses. Il est temps d'enfiler un bas de pyjama.

GÉRALDINE ZWANG

PARIS-BRUXELLES

Lorsque le train quitta la gare du Nord, je me réjouissais d'être seul dans mon compartiment de première et je pris mes aises.

Ma joie fut de courte durée. Un couple prenait place sur l'autre banquette. La femme était plus âgée que l'homme, blonde, distinguée, environ quarante, ans avec beaucoup d'allure et de très belles jambes gainées de bas noirs. Elle portait un tailleur élégant de marque qui lui donnait un air de grande bourgeoise. Ses traits étaient très fins et doux et j'appréciais le dessin parfait d'une bouche pulpeuse qu'augmentait un rouge à lèvres violent.

L'homme, lui, devait avoir à peine une trentaine d'années et contrastait avec sa veste et son pantalon en jean.

À peine les contrôleurs furent-ils partis qu'elle tira les rideauxdu compartiment et se rua sur lui pour l'embrasser à pleine bouche, agitant avec fougue sa tête et laissant aller sa main sur la poitrine de son amant. Elle le recouvrait littéralement de son corps et, dans son mouvement, l'arrière de sa jupe remonta, laissant apercevoir la lisière de ses bas.

J'étais gêné et j'envisageais de changer de compartiment lorsqu'elle lâcha sa proie, se laissa aller sur son siège et soupira, comme pour elle-même :

— Je suis toute mouillée à présent.

J'eus la désagréable impression de ne pas exister. Elle ne me regardait pas et parlait sans aucun trouble. L'homme semblait moins à l'aise et se forçait visiblement à paraître naturel. La femme continua, imperturbable :

— Je devrais enlever ma culotte, j'ai l'impression d'avoir fait pipi dedans. Tu rentrerais ta queue comme dans du beurre et après tu mettrais un doigt dans mon cul, j'adore ça.

C'en était trop, je me levai pour partir, mais la femme me barra le passage en posant son pied sur ma banquette.

— Restez, Monsieur, vous ne le regretterez pas.

Elle avait dit cela d'une voix suave où se mêlaient désir et prière.

— S'il vous plaît, Monsieur.

Très lentement, debout face à moi, elle remonta sa jupe, découvrant progressivement ses jambes. Elle continua et je vis la chair de ses cuisses au-dessus des bas, puis la minuscule culotte de dentelle noire.

Une ambiance électrique régnait dans le compartiment. L'homme me regardait sans animosité, guettant ma réaction.

Je ne bougeai pas, fasciné par ces jambes et ce sexe voilé à quelques centimètres de mon visage.

Délicatement, elle écarta le devant de sa culotte et je pus voir sa chatte entièrement épilée. Les grandes lèvres étaient écartées et laissaient émerger un clitoris très long qu'elle avait dû souvent branler. Je constatai, à la brillance humide de son sexe, qu'elle mouillait. Tout en tenant sa jupe relevée, elle passa plusieurs fois son majeur sur toute la longueur de sa fente, s'attardant davantage sur son clitoris qu'elle pinçait du bout de ses ongles vernis.

L'homme, assis en face de moi, caressait son sexe par-dessus son pantalon. La femme le vit et l'encouragea :

— Vas-y, fais-toi bander fort, que nous donnions un beau spectacle à Monsieur.

Puis, s'adressant à moi :

— Êtes-vous excité ?

J'essayai de masquer ma gêne et bafouillai :

— C'est très… troublant !

Elle ne réagit pas et continua à se caresser. Son doigt clapotait dans son sexe et elle semblait prête à jouir. Elle avait légèrement fléchi les jambes et s'enfonçait le doigt le plus loin qu'elle pût. Elle donna un ordre sec à son amant :

— Sors ta queue, je la veux maintenant.

Sans prononcer un mot, l'homme sortit un sexe assez gros et très long qu'il laissa dressée hors de son pantalon.

Tout en me fixant, la femme s'assit sur le pieu vivant. Elle prit son temps, rendant la pénétration très lente. Elle mordait sa lèvre inférieure et savourait chaque centimètre de cette queue qui la fouillait. Lorsqu'elle fut totalement empalée, elle remonta sa jupe pour que je puisse mieux voir sa chatte dilatée. La femme imprimait elle-même le rythme en se relevant et s'abaissant avec une extrême lenteur.

Les yeux plongés dans les miens, elle guettait chacune de mes réactions. En désignant mon entrejambe, elle susurra de sa voix chaude :

— Sortez-la, Monsieur, vous serez mieux et j'aurai plaisir à voir votre sexe.

Je n'en fis rien, mais ne pouvais m'empêcher de regarder tantôt son visage, tantôt sa chatte qui avalait si bien la bite de son amant.

Voulant m'exciter encore plus, elle ouvrit son chemisier et découvrit ses seins. Ils étaient fermes, avec des pointes démesurées, semblables à deux petites bites tendues. Elle les caressa avec art, tout en léchant le pourtour de ses lèvres.

— Allez-y, Monsieur, je vous en prie, montrez-moi votre queue.

Elle se pencha vers moi et appuya délicatement la pointe de son ongle sur toute la longueur de ma braguette. Elle implora à nouveau :

— Sortez-la, laissez-vous aller. Branlez-vous en me regardant me faire sauter. Si elle me plaît, j'irai peut-être de l'une à l'autre, l'une pour mon cul, l'autre pour mon con.

Comme un automate, je sortis ma pine. La femme s'exclama :

— Quelle belle tige, Monsieur ! Et vous vouliez me priver d'un morceau pareil ! J'en salive rien qu'à l'idée qu'elle va me défoncer le cul. Cela vous plairait ?

J'articulai un inaudible "oui" qu'elle comprit plus qu'elle ne l'entendit. Se laissant toujours aller sur la queue de son amant, elle cracha un long jet de salive dans sa paume et elle l'étala sur mon gland et le long de ma verge. Elle recommença deux fois cette opération, me provoquant d'intenses frissons qui se répercutèrent dans ma bite.

— Hum, vous appréciez ma caresse. Mon mari dit que je suis la meilleure branleuse de Bruxelles. Il m'emmène au cinéma rien que pour me voir branler des dizaines de queues inconnues et... j'adore assouvir son vice. Son plus grand plaisir est que je le branle ensuite avec ma main couverte de sperme. Il jute dès que je le touche.

Tandis qu'elle parlait et se faisait limer, elle agaçait mes couilles de ses ongles en les griffant légèrement. Je me tendais sous la caresse, la queue salivée et terriblement bandée.

— Je viens. Vous allez percer mon petit trou. Il est étroit mais adore les grosses triques comme la vôtre.

Elle se défit de son amant dans un bruit de clapotis et me présenta sa croupe. D'une main, elle prit appui sur ma cuisse et de l'autre, elle empoigna mon sexe qu'elle dirigea vers son anus. Contrairement à ce qu'elle avait fait avec son amant, elle s'empala d'un coup jusqu'à ce que ses fesses reposent totalement sur mes cuisses. Ma queue me brûlait tant elle était comprimée par son sphincter. Je ne comprenais pas comment elle avait pu s'enculer sans à-coups et sans hurler. Elle ne bougeait plus et s'adressait à son amant :

— Regarde comme je suis bien dilatée, comme Monsieur m'encule bien. Tu ne m'as pas crue quand je t'ai dit que je me ferais enculer dans le train sous tes yeux. Tu vois que je vaux largement toutes les salopes que tu as rencontrées !

Je compris d'un coup que j'étais l'enjeu d'un défi érotique que s'étaient lancé les deux amants. J'en étais irrité mais je ne voulus pas perdre une miette de ce jeu. La femme non plus, d'ailleurs, car elle commençait à faire aller et venir son cul de plus en plus vite sur ma bite.

Son amant se branlait, furieusement excité par cette maîtresse prête à tout.

Lorsque son trou du cul fut assez élargi et que ma bite glissa sans problème, elle décula brutalement et alla s'enconner sur la tige de son amant.

Elle montait et descendait, d'abord le plus lentement possible, puis allait de plus en plus vite, s'arrêtant au bord de sa jouissance et de celle de l'homme. Alors, elle pivotait à nouveau et venait se faire enculer. Lorsqu'à mon tour, je fus au bord de l'orgasme, elle se retira et alla rejoindre son ami.

Elle se fit ainsi baiser et enculer pendant plus d'une demi-heure. L'homme et moi étions à bout, le gland rougi d'excitation.

La femme le comprit et déclara :

— Je veux que Monsieur jouisse dans mon cul pendant que tu m'arroseras le visage de ton foutre.

Elle avait dit cela sur un ton de grande mondaine qui contrastait étrangement avec notre situation.

Elle fit coulisser de plus en plus vite ma queue dans son cul tandis qu'elle branlait et suçotait l'homme pour le faire venir.

Il jouit le premier, lançant de furieux jets blanchâtres qu'elle dirigeait sur ses yeux, sa bouche et son cou. Elle contracta tant son anus en jouissant qu'elle provoqua ma décharge. Son cul m'aspirait, tétait chacune de mes giclées pendant qu'elle délirait de plaisir.

Très digne, elle se releva le visage couvert de sperme et, sans prendre la peine de s'essuyer, partit vers les toilettes.

L'excitation retombée, l'homme et moi n'osions nous regarder, aussi préférai-je me rendre à la voiture-bar.

Je ne rejoignis mon compartiment qu'en arrivant à Bruxelles-Midi.

L'homme étreignait la femme et semblait lui dire au revoir. Lorsqu'ils me virent, la femme me sourit et me dit simplement :

— Merci, Monsieur.

Je ne sus que répondre et la laissai descendre du train devant moi.

Sur le quai, un homme bien mis, d'une cinquantaine d'années, lui tendit les bras.

— As-tu fait un bon voyage, ma chérie ?

Achevé d'imprimer sur les presses de

BUSSIÈRE

GROUPE CPI

à Saint-Amand-Montrond (Cher)
en octobre 2003

POCKET - 12, avenue d'Italie - 75627 Paris Cedex 13
Tél. : 01-44-16-05-00

— N° d'imp. : 35101. —
Dépôt légal : octobre 2003.

Imprimé en France